"EROTICA HABANA".

RAÚL SÁNCHEZ QUINTERO

1762

"NOTICIA"

Un día antes de la aparición de los buques ingleses a la altura de la bahía de La Habana, cuando aún no habían disparado las primeras andanadas los morteros emplazados en los baluartes del castillo de los Tres Reyes del Morro, las guarniciones de las otras fortalezas se habían acuartelado y los vecinos de las barriadas de extramuros, organizados en milicias, se preparaban a plantar cara al enemigo con o sin el apoyo de las autoridades.

El alarde naval no fue más allá de la diversión y el grueso de las tropas inglesas, después de desembarcar en un lugar tranquilo situado a unas veinte millas al Este del casco urbano, avanzó sobre la ciudad desplegado en orden de batalla. Las fuerzas locales, acantonadas en las cotas más próximas al castillo, se prepararon a soportar la primera embestida. Pero no eran infundados los temores de su comandante con respecto a las barriadas desprovistas de la protección de las murallas, el depósito de esclavos africanos de Regla y la villa de Guanabacoa que, de repente, adquiría valor de punto fuerte en la defensa del borde delantero propio. Al día siguiente comenzó el bombardeo inglés contra el castillo y el avance de los casacas rojas sobre el poblado. El castillo respondió al fuego con fuego y los vecinos del poblado se emboscaron prestos a suplir, con cargas al arma blanco, la inferioridad en armas de fuego y municiones.

El ataque de la infantería inglesa se produjo dos días más tarde. Con la luz del sol del amanecer, las fincas labradas que se anticipaban a las trincheras cavadas en la periferia de la villa adquirieron el color del vino tinto en virtud del enorme número de soldados que vestían las casacas características de las tropas inglesas. Pero los criollos de las milicias acantonados en estas posiciones supieron mantener el tipo, ante lo insólito espectáculo al que no estaban acostumbrados (dada su condición de civiles) y el buen humor que era norma en el comportamiento de los habaneros se hizo presente para la ocasión cuando alguien entre la variopinta tropa, aludiendo a un fruto propio del archipiélago cuya azucarera masa tenía el mismo color rojo que se apropiaba del paisaje, exaltado y risueño exclamó: -"¡Señores! ¡Ha llegado la hora de los mameyes!".

PRIMERA PARTE

"LA HORA DE LOS MAMEYES".

"Las muchachas de La
Habana

No tienen temor de Dios
Y se van con los ingleses
En los bocoyes de ron..."

(Guaracha)

"VIDA DESPUÉS DE LA VIDA".

Si la onda expansiva de las granadas, que volaban por encima de la muralla y explosionaron en el casco urbano no rompían algo más que un espejo en las habitaciones de las señoritas, la explosión de las minas que consiguieron colocar los ingleses en los cimientos de los muros del castillo de los Tres Reyes del Morro sacudió de extraña manera las paredes de los caserones y amenazó con derribar las casitas de adobe en las barriadas de extramuros. Nunca, hasta entonces, había sido sometida la población de la ciudad a una contingencia semejante. Ataques de piratas y corsarios hubo, se conservaban en la memoria colectiva y estaban registrados en los anales; pero una acometida de tal magnitud jamás se había vislumbrado en el horizonte, a pesar de las constantes guerras, conflictos y disputas territoriales en las que había estado implicada y de hecho lo estaba, la lejana metrópoli.

Para ganar tiempo en beneficio de la evacuación de la población no combatiente, el Capitán General pidió al comandante de la fortaleza atacada un esfuerzo supremo en la defensa de la plaza. Y aunque ya para entonces no quedaba en la ciudad carruaje ni cabalgadura que no hubiera tomado el camino de la Vuelta Abajo, decenas de miles de personas se echaban todavía al camino, a pie, cargando con sus pertenencias y sus niños.

Acerca del Capitán General se comentaría más tarde que se había comportado como un cobarde mientras, simultáneamente, la voz del pueblo ensalzaba el comportamiento del comandante del castillo y del jefe de las milicias que, con sus acciones acertadas hicieron pagar muy caro al enemigo la victoria conseguida en virtud de la superioridad numérica en hombres y medios de combate. Así que cuando se arrió el pabellón de los Borbones y se izó sobre la cúpula del faro del castillo del Morro la Union Jack, la leyenda de la ciudad de La Habana, Llave del Nuevo Mundo,

Antemural de las Indias Occidentales, inició un nuevo capítulo de su historia eterna.

En ausencia del Capitán General -se había esfumado subrepticiamente- el traspaso de poderes quedó a cargo del Segundo Cabo, General Inspector de los Ejércitos, un anciano venerable que entregó con su espada las llaves de la ciudad al Almirante Inglés arropado por los miembros del Cabildo que habían optado por permanecer en la ciudad contra viento y marea, a merced del rumbo que tomarán los acontecimientos. El ambiente era tenso. Pero en contra de los vaticinios apocalípticos sermoneador por los curas desde los púlpitos de las iglesias, los herejes no profanaron ningún templo, no violaron a las mujeres - las monjas

habían sido evacuadas-, no saquearon ni expropiaron nada a nadie y, en principio, se limitaron a tomar, en su calidad de nuevos señores, las fortalezas y las edificaciones oficiales, el castillo de la Real Fuerza, residencia del Capitán General, la cárcel, el depósito de esclavos y las oficinas de correos.

Los dos primeros días de la ocupación inglesa fueron empleados en sepultar cadáveres y asistir a heridos y contusos. Los soldados españoles prisioneros, a los cuales se les asignó esta tarea, fueron posteriormente empleados en la reparación de los daños producidos por la artillería, obras de beneficio social como el empedrado de las calles y la limpieza de los cascos de los navíos de guerra que ahora tenían un santuario en el puerto capturado y se beneficiaban de las instalaciones del mejor arsenal del Nuevo Mundo.

Una semana más tarde ya habían regresado a sus hogares las familias humildes que poblaban las barriadas de extramuros y la actividad de las cofradías recuperó la normalidad, a la vez que un goteo de familias acomodadas devolvía la vida al casco urbano en el que habían soportado el asalto muchos aristócratas que por elemental dignidad se negaron a tomar las de Villadiego, -¡Eso sí!-, poniendo a buen recaudo a sus mujeres y a sus hijas.

Cuando transcurridos quince días superó la bocana de la bahía un cargo inglés procedente de Jamaica cargado hasta las banderas de mercaderías, la vida en la ciudad había recuperado el sosiego y únicamente en las iglesias se alimentaban los resentimientos y la animadversión hacia el ocupante extranjero al que se acusaba de hereje y se excomulgó en los templos.

Ese día, al atardecer, -siguiendo la costumbre británica-, el nuevo Gobernador Militar, al cual los habaneros insistían en tratar, intencionadamente, de Almirante, invitó a un grupo de vecinos notables a quienes informó en el transcurso de la cena acerca de los proyectos que se traía en un cartapacio para el buen gobierno de la ciudad, entre los cuales la aplicación de las leyes comerciales británicas y la libertad de comercio se constituían la piedra angular de una novedosa relación de intercambio entre las Américas y Europa.

Tocó hacer de interlocutor por los habaneros al Conde de Pinar del Río, un cuarentón sonrosado que peinaba un lunar de canas sobre la frente y se expresaba en un inglés excelente aprendido en la infancia de sus mentores. Ya para entonces los magnates locales se habían trazado una estrategia precisa: aprovecharán hasta el último lance la oportunidad de efectuar buenos negocios simulando, simultáneamente, aceptar las nuevas normativas comerciales como si de una imposición se tratara y absteniéndose en todo momento de reconocer en público las indiscutibles ventajas que esto representaba para la economía local. Se cubrían así las espaldas ante los presumibles delatores y los oportunistas emboscados en los salones que saltarán a la palestra tan pronto se recompuso la normalidad en el toma y daca que se traían entre manos las potencias europeas con sus posesiones ultramarinas. Pero existía consenso en llevar las cosas de esta manera y la cena finalizó un éxito.

A partir de entonces al primer barco, siguió un segundo y un tercero y un cuarto y, en breve, no quedaron cajas de azúcar, ni tercios de tabaco, ni bocoyes de ron en los almacenes del puerto y fue necesario enviar por provisiones circulando por caminos que invadía ahora los territorios todavía españoles en los que, con notable interés, las fábricas de azúcar y las

cofradías de vegueros se empleaban a fondo para despachar aquellas facturas que les resarcían de las pérdidas arrastradas durante siglos por cuenta de los decretos de la Casa de Contratación de Sevilla.

Como Dios manda y establecen las normas de protocolo entre personas educadas, en ocasión de su onomástica, se anunció una gran celebración en el Palacio del Segundo Cabo, a la que fueron invitados el Gobernador Militar y la flor de la oficialidad de la fuerza de ocupación inglesa. Así se anticipaba el primer contacto entre el mando inglés y la sociedad habanera y, consecuentemente, se alimentaba la curiosidad que tocaba tanto a los jóvenes oficiales ingleses como a las aristocráticas damiselas habaneras.

Después de una quincena de días pisando tierra firme, degustando frutos exóticos y mariscos vivos, los capitanes de los navíos comenzaban a prescindir de las normas de austeridad que habitualmente impone la vida a bordo de los buques, entregados al gobierno de sus primeros y segundos oficiales. Como la infantería de marina se acuarteló ahora en las fortalezas capturadas y a este servicio se había destacado una parte considerable del personal embarcado, las tripulaciones habían quedado reducidas al mínimo y la falta de mano de obra la cubrían los soldados españoles prisioneros que continuaban vivaqueando en sus cuarteles y ejecutaban los trabajos bajo el mando de sus propios oficiales.

El colofón de este aplatanamiento acelerado lo venían a representar aquellas fiestas que, en un principio discretamente, les ofrecían los miembros de la alta clase social criolla, a la sombra protectora del Segundo Cabo, a quién ningún agente del clero podía -no se atrevería- acusar de infidelidad a su Rey. Los mercaderes de esclavos sabían hacer muy bien las cosas y también que esta oportunidad para aumentar sus caudales al amparo de la pérfida Albión iba a ser irrepetible. Y por ello sus hijas. nacidas piezas de cambio, comenzaron a retornar del exilio en la parte española de la Isla directamente a los salones, abandonando con carácter definitivo el claustro de los conventos en los que habían estado confinadas para evitar errores fatales y emparejamientos indeseables.

La herejía anglicana que cada día oficiaba un sacerdote inglés en la capilla del castillo de los Tres Reyes del Morro y la luterana que servían los domingos para los marineros frisones sobre las cubiertas de las embarcaciones, imponían una barrera natural que tranquilizaba de alguna manera a los padres de aquellas muchachas penetradas de catolicismo en la misma medida que irritaba a los curas encerrados en sus templos y a un Obispo del cual no se tenían noticias y se suponía escondido en algún pasaje subterráneo si era que no había escapado a la parte todavía española de la Isla.

Cumplimentando una sugerencia del Contador Mayor de la Armada -responsabilizado con aquella inversión-, los invitados hicieron el camino a pie siguiendo la ruta de las calles que había ordenado empedrar para suprimir lodazales y borrar los malos olores de las aguas estancadas. En poco tiempo mucho estaba cambiando la ciudad y mucho más iba a cambiar si continuaban a este acelerado ritmo los trabajos. En el foso del castillo de la Real Fuerza, las aguas habían recuperado una transparencia desconocida y esa pulcritud se estaba consiguiendo también en las aguas de la bahía, a pesar del elevado número de embarcaciones que allí tremolaba sus estandartes.

El Gobernador Militar quedó muy satisfecho con lo que vio y así lo participó a sus oficiales.

Aquel paseo tan placentero le había ahorrado una inspección rutinaria, además de satisfacer su curiosidad acerca de las interioridades de aquella ciudad versificada y cantada que, a su vez, les observaba con los ojos de las muchachas que se asomaban a los balcones, de los perros que ladraban al paso del grupo, de los esclavos en camino a un encargo y de los pardos libres que aguardaban sus clientes a la sombra de sus establecimientos: zapateros, tabaqueros, sastres...Nada comparable a Londres, sin duda alguna; pero algo muy interesante.

En la plenitud del hermoso crepúsculo llegaron al palacio. Los portones estaban abiertos y en el portal esperaba el venerable anciano colgado al brazo de su primogénito. Además del Contador Mayor de la Armada acompañaron al Gobernador Militar tres Capitanes de Navío de su Estado Mayor habituados a la vida cortesana y tres jóvenes Tenientes de Fragata que les asistían. No llevaban escolta ni criados, gesto de confianza a la población, pero iban armados.

El Segundo Cabo se cuadró y saludó con una inclinación de cabeza y el Gobernador Militar se adelantó y lo abrazó, una cortesía muy alejada de la reglamentada inexpresividad de la marina inglesa.

Pasaron al interior y desde el zaguán accedieron a un patio cuadrado, centralizado por una fuente marmórea rodeada de plantas y bustos distribuidos en aquel espacio. El silbido de un loro provocó carcajadas. Desde su escondite en el penacho de una palmera enana, el ave continuó despotricando: -" ¡Excelencia! ¡Excelencia! "... Nuevas carcajadas entre los visitantes.

Al pie de la escalera que conducía al costado izquierdo de la planta alta un negro de librea y peluca blanca les indicó el camino que detrás de los invitados siguieron el anciano y su hijo. En el último peldaño se rompió el silencio con las exclamaciones y las risas que escapaban del salón. Pero bastaron los tres golpes que dió con su bastón en el piso un negro vestido igual que el anterior para que se impusiera el silencio y damas y caballeros se organizaran en dos filas en las que se respetaba el orden de importancia social de cada cual.

-¡Su Excelencia! -anunció el negro bastonero con voz vibrante-. Gobernador Militar de La Habana. ¡Almirante de Su Majestad Británica! ¡Sir George Pocock!

"LOS PLACERES Y LOS DIA"

"Cambien su vida y su corazón..."
Mateo: 5: 17

La ciudad capturada por los ingleses había conseguido una capacidad financiera y un crecimiento económico que la independizan del resto del territorio de la Capitanía General de Cuba que incluía la península de La Florida y centenares de isletas y cayos adyacentes. La compra de esclavos, que recibía desde Sierra Leona y Cabo Verde y revendía a los plantadores de algodón en Louisiana y a los magnates del azúcar de caña en el Santo domingo Francés era, a la sazón, su principal actividad comercial y, a tal punto influía en la vida cotidiana, que los azares de este comercio no solamente daban y quitaban posicionamientos sino además marcaban el destino de las personas a partir de su nacimiento, porque aquí se nacía blanco o negro, esclavo o liberto y la categoría de los títulos nobiliarios adquiridos en la lejana Corte reflejaba fielmente el poder adquisitivo del nuevo señor feudal.

La complejidad alcanzada por este entramado social lo precipitó en la catarsis de los mestizajes y dejó en poder de los negros y mulatos libres el estamento de las artes y los oficios en los que ya se lucían muchos maestros: músicos, poetas y pintores; plateros, sastres y peluqueros. El mismo espacio vital que, en las ciudades de la Vieja Europa, se otorgaba a los judíos sin que se hablara de guetos aún cuando existieran barriadas marginales. Y una particularidad, la condición de habaneros que, por encima de una marca de fábrica y de una concepción de nacionalidad, parecía referirse a un estilo de vida nacido y criado en las tabernas de un puerto que recibía todos los años las dos Flotas de Indias y se ocupaba en brindar placeres y divertimento a una muchedumbre marinera y unas demandas de servicios que superan siempre todas las expectativas.

Las alegrías del buen vivir marcaban a la sociedad habanera y condicionaban su comportamiento. No había aquí lugar al riguroso y frío estudio de las ciencias, pero las bellas letras y la buena música encajaban perfectamente en el contexto y en estos ambientes de ludopatía y lujuria apareció un cancionero, deudor de la copla, de fina factura estructural y virtuosa versificación. Fue a partir de entonces la canción de La Habana, "La Habanera", disfrutada con iguales entusiasmos en los salones aristocráticos y en los lupanares del puerto, la misma que abordó los navíos atracados a los muelles y partió con ellos a la conquista del

mundo.

Como el hedor que emanaba de los barcos negreros resultaba intolerable, el Cabildo de la Ciudad había dispuesto fueran descargados en las afueras y que sólo después de lavar y vestir decentemente a los esclavos se les permitía acercarlos a los barracones que para ese menester se habían ubicado en la orilla oriental de la bahía. Este nuevo negocio de almacenar esclavos produjo también muy pronto dividendos y generó una serie de demandas que estimularon el poblamiento de aquella zona hasta entonces despreciada por la escasa calidad de los terrenos y lo alejada que estaba de la protección de las murallas aunque no lo estuviera de su principal plaza fortificada. Cuando tuvo iglesia el caserío se transformó en parroquia y ya con esta condición llegaron los amanuenses y se construyó una plaza pública en la que el Cabildo autorizó se efectuarán las subastas de esclavos que habían encontrado siempre muchas dificultades para disponer de un buen sitio. Así el nuevo poblado tuvo pronto su mística y la imagen de la Virgen a la que rendían pleitesía los negros cuando eran bautizados dejó de ser blanca y se mostró mulata para terminar Virgen Negra y milagrera, a la que se atribuyeron apariciones y curaciones de enfermos considerados incurables.

Los nuevos amos de la ciudad hablaban tan mal castellano como los negros bozalones, pero no les reocupaba en absoluto y pasaban por encima de esta dificultad sirviéndose de los criollos cultos que se expresaban en ambas lenguas con la misma fluidez y corrección. Inglaterra anunciaba una estrategia y unas normas que se cumplían, a pie juntillas, desde el inicio de las luchas contra España y Portugal por una participación en el dominio de los nuevos mares y tierras descubiertas. Así se explicaban las denominaciones que se contenían en los mapas y en las cartas de navegación incluidas en el botín de los saqueos a las poblaciones costeras y a los navíos capturados en alta mar. Bahamas por Bajamar. Jamaica por Xaimaca. Alligator por Cocodrilo. Aguardiente que asciende a las cubiertas y desciende a las bodegas rodando en bocoyes: Aguardiente run... Un nuevo idioma significa una nueva cultura, un orden nuevo... Ante esta peligrosa contingencia el estamento eclesiástico optó por jugar sus cartas desde las sombras a las que les condenaba el ostracismo utilizando los ojos y los oídos de la iglesia y asumiendo una actitud paciente, a la espera de un giro favorable de los acontecimientos. Por lo pronto, los herejes, no se habían inmiscuido en los asuntos religiosos, ni habían represaliado el culto católico, conformes como lo estaban con la estabilidad conseguida con la presencia militar y el notable acelerón que experimentó, en unas pocas semanas, el comercio.

Para las niñas casaderas hasta entonces recluidas por sus padres en los conventos, la irrupción de los herejes en la vida pública había propiciado una prematura liberación. Tanto se advirtió y tanto se despotricó contra aquellos intrusos desde el púlpito de las iglesias que el temor a un ávido saqueo tras la caída de la ciudad y las consecuentes violaciones justificaron la evacuación y propiciaron el abandono de la vida en clausura. Pero un mal sabor llegó al paladar del Obispo cuando supo que más de una joven profesa había aprovechado la coyuntura para emparejarse en alguna vega con algún guajiro.

Las guerras se constituyen duras pruebas que no todas las personas son capaces de soportar, pero detrás de estos periódicos desmadres, la catarsis devolvía las cosas a su sitio y la paz a los corazones de los fieles a Cristo y a su iglesia católica. El Obispo sopesar estas realidades de Perogrullo en la tranquilidad de su escondite mientras dictaba al amanuense del Santo Oficio que le servía de secretario cartas y notas que siempre llegaban a su destinatario, a través de los canales del correo de gabinete, en el tiempo justo, a hora precisa. No había escapado a su severo juicio la cobardía del Capitán General que, por esta razón se encontró, a su llegada a la capital del Reino después de una vergonzosa huida, ante un tribunal militar instruido para sentenciar, consumada su destitución oficial.

Ciertos barcos solían hacer el viaje a la península ibérica en menos tiempo que el habitualmente empleado por los grandes navíos, en virtud de la velocidad que conseguían con sus aparejos experimentales y el conocimiento de algunos secretos que se guardaba la ruta del Canal Nuevo de la Bajamar. Estaban diseñados para burlar las restricciones comerciales de los estancos y ejercer el contrabando y la piratería. Pero, entre col y col: lechuga; el brazo secular de la iglesia podía alcanzar lo que se proponía.

El Obispo recibía en su escondite las noticias que necesitaba para operar con efectividad y estaba muy afligido por la actitud mercenaria adoptada por la nobleza emergente -la negrera- cuando multiplicaba sus réditos al amparo de las leyes comerciales inglesas -supuestamente impuestas- y se planeaban matrimonios de conveniencia utilizando como piezas de garantía a sus propias hijas. El Obispo había ordenado a su secretario registrarlo todo, con pelos y señas, y se preparaba a esperar el tiempo que fuera necesario hasta la restauración del poder soberano de Su Majestad, el Rey, sobre aquella ciudad endemoniada. Del anciano Segundo Cabo, General Inspector de los Ejércitos no albergaba ninguna duda acerca de su fidelidad a la Corona; pero de las malas artes de sus más cercanos colaboradores estaba enterado.

Sabía que, de la primera recepción, se había pasado a una segunda y siguiendo ese camino, se había establecido un orden consecutivo de cenas y bailes que habían devuelto "la normalidad" a la vida social en la ciudad, si era que de "normalidad se podía hablar en aquellas circunstancias. Estaba enterado también de los avances que habían iniciado ciertas mujeres ante la frialdad hacia ellas demostrada por los herejes. (Esa tradicional frialdad anglo-sajona que se distancia y desprecia lo que no considera a su altura). De lo que sucedía en el puerto le disgusta hablar, porque sin conocer una sola palabra en el lenguaje de los herejes invasores, las negras que gestionaban burdeles y las mulatas de rumbo, se llevaban todas las noches a la cama dos tercios de la totalidad de las fuerzas de ocupación ingleses.

-¡Sodoma y Gomorra, Monseñor! -exclamaba el amanuense inquisidor-: ¡Sodoma y Gomorra!

-Los héroes se han llevado a la tumba la dignidad de este desdichado país, -sentenció el Obispo-. Se refería concretamente al recientemente fallecido comandante del Castillo de los Tres Reyes del Morro, al que mordió la metralla en su puesto de combate y evacuado a su finca en la barriada del Cerro convalece hasta morir víctima de las fiebres y atroces sufrimientos.

-El párroco del Espíritu Santo ofició el funeral -detalló el amanuense-. Sólo allí se le podía sepultar con la debida dignidad, pues apenas queda ya lugar en los templos para acoger los cuerpos de los fieles difuntos.

-También los oficiales de las milicias supieron comportarse a la altura de las circunstancias
-susurró el Obispo, como si hablara para sí mismo-. Y ahora estos oportunistas se atreven a ignorar tanto sacrificio por la patria y se unen en compadrazgo con los herejes pretendiendo medrar en la nueva situación.

-¡Iniquidad, Monseñor!,-exclamó el amanuense-: ¡Iniquidad!

Se contaban dos meses, a partir del día que cayó la ciudad en poder de Inglaterra, la noche que, desde la parte todavía española de la Isla, un jinete consiguió superar los manglares que sirven de hábitat a formidables plagas de mosquitos. Aunque estaba caracterizado como campesino, el ojo agudo de un conocedor de las costumbres inmediatamente hubiera reconocido en él a un señorito; pero como era también costumbre por estas latitudes, nadie vio y nadie dijo acerca de su curiosa presencia.

El jinete confió el caballo en una herrería que encontró a su paso y, a pie, se dirigió sin tomar resuello a unas ruinas situadas en las tierras labrantías del feudo del Marqués de la Real Proclamación. Lo esperaba en aquel lugar un mendigo allí acampado desde hacía varios días que se descubrió la cabeza al verlo llegar, adoptando una postura marcial.

-¡Bienvenido, usía! Exclamó el mendigo, a la manera de un saludo-
.

A lo que el recién llegado respondió: -Buenos días, Juan. Me alegra verte.

Dicho esto, el recién llegado desabotonó su camisa y extrajo de su pecho un sobre lacrado que entregó al mendigo, explicándole a continuación lo que debía hacer.

-A Monseñor, en sus manos.

El mendigo asintió con la cabeza y con mucha cortesía le brindó de beber y comer. Disponía de un botijo de vino, otro de agua fresca y sacó de una bolsa de cuero un buen trozo de queso de excelente aspecto, pan y carne de cerdo asada. El recién llegado le explicó dónde guardaba el caballo y cuándo pensaba regresar. El mendigo comprendió entonces que debía darse prisa y se apresuró a despedirse prometiendo estar de regreso a media noche con la respuesta del Obispo.

-Muy bien, -le despidió el recién llegado-.

-Quede con Dios, usía, -se despidió el mendigo-.

Cuando quedó solo, el recién llegado comió y bebió hasta saciarse y, como no podía hacer otra cosa, se tumbó a dormir con la idea de estar en buenas condiciones físicas a la hora de emprender el regreso.

Lo despertó la humedad de la noche al apagarse el fuego de la hoguera que le calentaba

consumidos los carbones. Todo coincidió, porque observó se aproximaba la negra silueta de un jinete al paso de un caballo que le resultó conocido.

"TODO EL EROTISMO DE UNA CIUDAD".

Muy satisfecho con los resultados del primer trimestre de su mandato, el Gobernador Militar decidió enviar a Inglaterra las presas capturadas en la batalla por la ciudad: seis buques mercantes cargados con productos de la región que habían quedado confinados en la bahía con el comienzo de las hostilidades y los beneficios de las imposiciones fiscales aplicadas y las confiscaciones. Para custodiar este convoy en la peligrosa travesía destacó cuatro navíos de línea y dos fragatas que al marcharse, reducían los gastos de manutención, liberar espacio en los muelles y aliviaban la ya de por sí febril actividad en el arsenal.

Como el complemento del dispositivo defensivo lo eran otras cuatro fragatas a las que había encomendado un ininterrumpido patrullar al Este y al Oeste del Canal Viejo de la Bajamar, única vía de acceso a la ciudad para propios y extraños, las fuerzas bajo su mando directo ganaron al quedar reducidas en flexibilidad y capacidad de maniobra, permitiéndole disponer de un tiempo que necesitaba para enfrentar la problemática de una localidad que le planteaba situaciones extraordinarias en orden consecutivo.

El primer detalle en este sentido se deriva de la particularidad que había adquirido la actividad económica de un sector de la sociedad integrado por grandes señores -ahora súbditos de Su Majestad Británica- con títulos y propiedades en la parte todavía española de la Isla, desde la cual les llegaban los beneficios en dinero y especies. Por esta y por otras circunstancias -el imprescindible avituallamiento- abrir las puertas de la ciudad a los comerciantes y viandantes de la otra parte de la Isla se había constituido una cuestión de vital importancia. Sin el tabaco de la Vuelta Abajo, el pescado y la marisquería del Golfo de Batabanó y las cajas de azúcar que enviaban las fábricas desde Matanzas, la vida en la ciudad terminaría por colapsar.

Pero este entra y sale de gentes, caballos, carruajes y arreas de mulas llevaba implícito el peligro de facilitar la entrada a los confidentes, mensajeros, espías y saboteadores y, por estas consideraciones, el Gobernador Militar ordenó al comandante de la Infantería de Marina se ocupará personalmente en organizar el servicio de vigilancia y control de las puertas de la ciudad, destacando para ello las mejores secciones de los batallones y sus mandos. La permanencia de estas fuerzas en las mismas posiciones haría que muy pronto los centinelas se familiarizaron con los rostros de los transeúntes y las actividades habituales en el área que custodiaban, proporcionando de esta manera a la Armada una información que completaba la que se conseguía en los círculos elitistas.

El Caballero del Imperio británico que había conquistado y gobernaba La Habana poseía una

inmensa experiencia en asuntos coloniales, tenía una visión global de la economía y la política, había navegado todos los océanos del planeta y estaba especializado en asuntos orientales; pero en lo personal gustaba presumir de ser un buen padre de familia, gentilhombre temeroso de Dios y fanático del cumplimiento de las leyes humanas y divinas. Su personalidad anticipa el prototipo que adoptaría como modelo la Inglaterra finisecular. Estas características personales imprimían a su labor profesional un sello particular, porque la iracundia quedaba fuera de su molde psicológico y su buen decir y su buen hacer inducían a la disciplina consciente que hace innecesarios los castigos físicos y promueve la emulación ética en el trabajo bien hecho y la acción valerosa en el combate. La vida para los marineros y los soldados era durísima, sumaba más el sacrificio que las satisfacciones y, sin embargo, se sentían realizados y orgullosos de la suerte que les había reservado el destino. Bastaba una alocución de su Comandante en Jefe les tocará las fibras del orgullo para que quedaran posesos de ardor guerrero y decidieron en un instante el curso de una batalla. La chusma, le consideraban los encumbrados; pero el Gobernador Militar de La Habana sabía que les debía la celebridad.

Los agentes secretos de la Corona tenían un perfecto conocimiento de la hostilidad, no por invisible y silenciosa menos efectiva, del clero católico. La misteriosa desaparición del Obispo los obligaba a considerar varias posibilidades: estaba escondido en la ciudad o hacía vida en la parte española de la Isla, si no había embarcado para la península, aunque allí no se hubiera detectado su presencia, tal como precisaba el informe recibido en el último aviso.

El Gobernador Militar prohibió terminantemente el allanamiento de iglesias y conventos, aún cuando sabía que en España y sus dominios solían estar comunicados por una suerte de redes de pasadizos subterráneos que remedaba de alguna manera las antiguas catacumbas romanas en las que solían reunirse las congregaciones durante la etapa clandestina del cristianismo católico.

Debajo de la ciudad, sin lugar a dudas debía, tenía que existir otra menos visible, más agustiniana. Una Ciudad de Dios entregada, a la sazón, a la lucha contra la herejía. Allí, probablemente podía encontrarse nuestro Obispo despachando asuntos peligrosos para los súbditos y los intereses de Su Majestad Británica, hacia los cuales los clérigos españoles son incapaces de ocultar un odio cerval. En tales circunstancias, el Santo Oficio encontraba mucho campo al desarrollo de sus peculiares métodos operativos.

El primer desencuentro tras la toma de la ciudad se produjo al negarse los curas a enterrar a los ingleses muertos en la tierra sagrada de sus templos, fuera cual fuera la categoría social que adorna al fallecido. El Gobernador Militar solucionó la crisis calificando los terrenos arenosos de una playa alejada de la comarca. Allí descansarían en paz sus soldados y marineros muertos, fuera de la vista de los más recalcitrantes habaneros.

Después llegó el turno al santo Oficio. Anglicanos y luteranos estaban considerados renegados y herejes en ese orden y sus prácticas religiosas ni más ni menos que abominables. La condición de vencedores podía permitirles efectuarlas impunemente, pero la población nativa sabía que jugaba con fuego si se aprestaba a seguirlos alguien en la muchedumbre, porque el fuego era un arma terrible en manos de los inquisidores.

Los agentes secretos diseñaron un organigrama de la curia en la ciudad y comenzaron a tirar del hilo identificando a las personas con objeto de seguir de cerca sus actividades diarias. Ya Tenían constancia de sermones hostiles al Imperio Británico y estaban informados acerca de terceros ocultos en lugares secretos, intercambios de información, reclutamientos con la mirada puesta en un próximo levantamiento y etcétera, etcétera... Pero el Gobernador Militar ordenaba hacer la vista gorda, conservar la calma, continuar cultivando las simpatías de la aristocracia criolla, complacer a los mercaderes de esclavos pasando por alto sus faltas en detalles concretos de las estipulaciones legales, tolerar, en resumen, tolerancia explícita para ganar tiempo y consolidar el dominio de la Corona sobre aquella presa suculenta capturada con un sorprendente golpe de mano.

En su refugio bajo tierra, el Obispo de La Habana, después de haber leído el correo, dictaba su correspondencia al amanuense degustando a la vez una apetitosa taza de chocolate. Las noticias que acababa de recibir eran muy halagüeñas y eso lo reconfortaba, estimulándose a continuar con renovados bríos la pesada labor que había echado sobre sus hombros como deber ineludible. Conectado, como ahora lo estaba, con las autoridades de los Virreinatos y las posesiones francesas en el Mar Caribe, desde las cuales sus homólogos le enviaban información reciente, podía presumir de una visión política del conjunto superior a la de cualquier jefe militar enemigo que operará en su Diócesis.   La guerra que enfrentaba a España y Francia aliadas contra Inglaterra parecía estar llegando a su final y una solución negociada del conflicto estaba en camino. La pérdida de algunas posesiones la había vengado España atizando la rebelión en las colonias inglesas del Norte del continente cuya población, cada día más protestona, estaba harta de soportar los manejos imperiales en materia de imposiciones fiscales a los productos propios del país y alivios arancelarios a las importaciones de productos ingleses. Esta era la cara oculta de la libertad de comercio. ¡Vendan! ¡Compren! Pero no olviden pagar los impuestos reales.

-¡Castigo a la soberbia!, Monseñor, -sentenciaba el amanuense, sin desviar la mirada del papel que garabateaba con maestría-.

Así lo corroboraron las noticias. En el Norte se conspiraba contra Inglaterra. La plaga masónica había conseguido cruzar el charco y ahora hacía proselitismo entre aquella gente violenta y tozuda. La Corona francesa dio luz verde a esta implantación de una ideología peligrosa en el cuerpo del enemigo con el mismo celo que empleaba para combatirla en casa. La enfermedad había prendido en el cuerpo de su víctima y desde hacía ya mucho tiempo venía ganando terreno en el más absoluto silencio. El Ministro de Policía francés sabía más acerca de todo esto que los gobernadores ingleses de las colonias americanas. Así se lo habían participado al Obispo de Lyon que lo transmitió a su amigo, el embajador español en París, en palabras de un confidente muy acreditado: madame Ivon, pseudónimo de una dama
principal.

La respuesta escrita del Obispo estuvo lista a la hora del crepúsculo. El amanuense introdujo el pliego en un sobre con sello del difunto Conde de Casa Montalvo, quien murió sin dejar descendencia, en vida tío de Monseñor.

-Quiero que le sea transmitido mi saludo y mi bendición al Coronel, -explicó el Obispo a su secretario-.

-No habrá dificultad alguna al respecto, -respondió el amanuense-
. Hemos escogido como
recadero a un soldado que sirvió bajo su mando.

-Una idea excelente -reconoció el Obispo-.

"LOS PODERES DE ALBION "

"Tus comerciantes eran los magnates de la Tierra..."

Apocalipsis, 1

A título particular y sin que se produjera intromisión alguna de las autoridades inglesas, el Segundo Cabo recibía en su casa con cierta frecuencia, algún que otro miembro del desactivado Cabildo y a los nobles más aplicados en las cuestiones políticas. Las meriendas de media tarde se habían así constituido foro público oficioso, empeñandose aquellos señores en prolongadas discusiones con las cuales pretendían anticipar con certeza el rumbo que tomarían los acontecimientos, algo que contribuía a poseer la clave del triunfo en sus empeños particulares.

Cómo proporcionarse elementos de juicio se hacía imprescindible, mantener cerca al adversario y seguir el pulso de sus actividades y sus preocupaciones, atento a cuánto éste hiciere y comentara, se había convertido en una necesidad vital.

Un interés hábilmente encubierto subyacía detrás de las celebraciones: los bailes, los banquetes, las onomásticas y aniversarios que, día a día, se efectuaban en obsequio de los extranjeros, evitándose irritar al clero con la injustificable presencia de los herejes en los bautismos, las bodas y las festividades religiosas.

Entre danzas y danza, bromas, copas y galanteos, las damas criollas y las cortesanas introducidas intencionadamente en los jolgorios, se iban hilvanando las cuentas del secreto mejor guardado. La carne, que es débil, lo es más si se practica un cristianismo reformado que ha remitido los pecados capitales al anecdotario de una pasada época. Los jóvenes oficiales ingleses caían, víctimas de un erotismo para ellos hasta entonces desconocido. Atemperada y dulzona comunión de placeres: amor, sexo, licores y baños tibios, de la que

habían escuchado hablar a los marineros antes de catarla en la intimidad de una alcoba suntuosa, cuando no entre las sombras de los naranjos perfumados y perpetuamente cargados de frutos.

En las espectaculares cenas que se sucedían, destacaban los productos del país, viandas y carnes rojas, así como otros de reconocida calidad importados de Europa, de la Tierra Firme y de la mismísima China. Por imperativos del clima, jamás se consumía pescado que no fuera del día, limitándose las salazones a tasajos empleados en la alimentación de los esclavos. Las ensaladas y las salsas en el mejor estilo versallesco reflejaban el estilo y la estética que, en la Corte Borbónica, entusiasmaba a los comensales estimulándoles el apetito. Los vinos, que se conservaban siempre en pasajes subterráneos especialmente acondicionados, se escanciaban fríos, casi que helados, para mayor deleite de los comensales.

La sublimación de la lujuria se producía cuando se iniciaban los bailes de figuras, lentos y coreográficos, ajustados al ritmo que requerían la confidencia, el requiebro, y la coquetería de aquellas damas sobriamente vestidas para conjurar las altas temperaturas; pero meticulosamente peinadas y maquilladas por profesionales del ramo que habían viajado hasta aquella lejana Isla desde París, con el ambicioso propósito de hacer fortuna entre aquellas mujeres exóticas.

La danza la iniciaba el bailador más experimentado haciendo los honores a una de las damas de la familia de los anfitriones. El resto de las parejas se iba integrando a las filas con mucha mesura y elegancia. Los hombres estaban obligados a repetir los gestos y movimientos del primer bailarín y cualquier error condenaba a la pareja a abandonar las filas. Eso provocaba que las damas orgullosas se negaran a bailar con principiantes y desconocidos. Pero para los jóvenes oficiales ingleses se abolieron estas reglas, organizándose bailes expresamente para ellos, ajustados a las dificultades de los aprendices. Y ellos devolvieron el favor iniciando a las damas criollas en las danzas de su país. Así fue como adquirieron popularidad las country dances que estaban por entonces de moda en las colonias inglesas de norteamérica. Muy pronto esta danza, que no era por lo demás desconocida y también se bailaba en los salones habaneros, iba a ser reajustada al temperamento de los hombres y mujeres del trópico. Ya la llamaban contradanza los que estaban por delante de los demás en todas las cosas, los grandes maestros de la música en la Isla quedaban a cargo.

Por sus confidentes supo algo el Conde de Pinar del Río acerca de un extraño jinete deambulando por las afueras; pero eso no significaba nada en una ciudad que vivía del contrabando, a espaldas de las ordenanzas de su monarca legítimo haciendo, paralelamente, un juego desleal y oportunista al ocupante extranjero.

Vendedores de todo lo imaginable entraban y salían por las puertas de las murallas sin que nadie les preguntara de dónde venían y adónde iban, sin que las autoridades exigieran algo más que un decoroso comportamiento. Así se facilitaban las cosas a un sin número de personas aisladas en los campos de las regiones Este y Oeste de la que hasta entonces había sido su capital.

Esta intensa actividad comercial al detalle propició muchas modas y, una de ellas, la de los loros parlanchines, causó furor entre los soldados y marineros ingleses al punto que, el más

insignificante de los grumetes en la Armada de Su Majestad exhibía una de estas aves sobre el hombro izquierdo -como si fuera un elemento más del uniforme- cuando se paseaban por las calles habaneras. Y esto del hombro izquierdo se explicaba porque así quedaba libre de impedimentos el brazo derecho y el subordinado podía saludar a sus superiores si encontraba alguno de ellos en su camino.

Como contrapartida, los mulatos artesanos tenían en alta estima los bronces y los trozos de madera dura que desaparecían de las embarcaciones con notoria frecuencia y que, sometidos al calor de las fraguas y a la devastación de los tornos adquirirían artísticas formas de piezas únicas, multiplicándose muchas veces en el mercado el valor de la materia prima. También los herreros apreciaban el hierro y el acero, los clavos y las estachas de bronce, tanto como en los mesones del puerto los aguardientes de Irlanda y Escocia que tanto contribuyen a la buena marcha de los negocios por cuenta de los jolgorios que montaban los marineros con las prostitutas.

El buenazo del Conde, un solterón al que Dios no dio hijos, pero -¡Eso sí!- muchos sobrinos, había hecho hasta entonces una vida austera de biblioteca y estudios literarios. La ocupación inglesa lo sacó de aquella torre de marfil y su inestimable contribución a las negociaciones que tuvieron lugar terminaron situándose en lugar preferente a la diestra del Segundo Cabo que le recompensó otorgándole su confianza, nombrándole su consejero.

Animado de este modo a la acción, no tardó el Conde en hacer de esta misión su causa, entregándose en cuerpo y alma a la absorbente tarea de recabar información y, a tales efectos, organizó una pequeña pero muy efectiva partida con sus criados más listos y fieles, encomendándoles la observación y la escucha de cuanto sucediera y se dijera en calles, plazas y solares. Recompensaba generosamente el trabajo bien hecho y elevó así la efectividad de su pequeño ejército de espías que se multiplicó fuera de todo control al hacerse de conocimiento público el valor que podía alcanzar una buena noticia.

Al caer la tarde, diariamente, su secretario ponía en sus manos las notas a las que daba lectura con impaciente curiosidad. El efecto colateral de tales pesquisas lo ponía al tanto de mil y una privacidades: maridos que eran sus amigos engañados por sus mujeres; esclavas preñadas por sus amos; el pecado original en familias que habían medrado a partir de certificaciones de limpieza de sangre falsificadas por los amanuenses después de incendios intencionados que destruyeron archivos parroquiales para allanarse el camino al ennoblecimiento perpetuo. Los egoísmos que caracterizaban el trasfondo de aquella sociedad envilecida con la trata de esclavos a los que se negaba su condición de personas.

Los negreros -acertaba el Conde- no conocían ni podían conocer los textos de Jhon Locke y la Inglaterra del Protector apenas suscitaba entre ellos, en el mejor de los casos, una imagen borrosa. Las nuevas ideas que se cultivaban en los gabinetes de la burguesía europea superaba las expectativas de estos potentados isleños lastrados por una perniciosa mediocridad intelectual. Tenían sus capitales invertidos en negros y hablarles de una alternativa económica equivalía a tentar al Diablo en sus habitaciones infernales.

El Conde estaba experimentando por sí mismo el inmenso poder que emanaba del conocimiento. La superioridad que proporcionaba conocer lo que el otro no sabe. Despachaba con el

Segundo Cabo los días lunes a media mañana y, con mucho celo, le informaba de cuanto consideraba conveniente, guardándose las noticias de segundo orden en
importancia, solamente útiles en circunstancias puntuales.

En las tertulias de ocasión, algunas tardes, en el gran salón del palacete del anciano general, había sentado cátedra como exponente de las últimas novedades filosóficas. Solían escucharle con mucha atención algunos jóvenes seminaristas de reconocido abolengo y: ¿Por qué no?, alguno entre sus profesores. En otras circunstancias, las normales, alguno entre los presentes le hubiera tachado de agitador, potencial enemigo de la moral pública y de la Corona, pero, así como estaban las cosas, desprovistos de todo poder, la claridad de su verbo y la justeza de sus ideas le hacían lugar sin discrepancias y, en última instancia, una única cuestión lo obligaba a matizar un criterio. Muy pronto tuvo entre ellos simpatizantes y no tardaron las reuniones para repetirse en su mansión, porque eran muchas las inquietudes de aquellos jóvenes saturados de derecho canónico, obligados por las normas establecidas a razonar y expresarse en latín. Algo netamente propio pretendían manifestar sin conseguirlo hacer, que ahora escuchaban en recio castellano más que bien dichas por aquel señor. Podía afirmarse que los alumnos habían encontrado a su maestro.

Una tarde, la tertulia en la casa del maestro tuvo un invitado extraordinario. Se trataba, nada más y nada menos, del médico personal del Almirante, Gobernador Militar de la Ciudad. Un tipo de baja estatura y ancho de hombros que peinaba una espesa cabellera rubia y sostenía un duelo eterno con un mechón de pelo que las brisas tropicales se empeñaban en descolgarle entre los ojos. Usaban quevedos, había estudiado en Colonia, Berna y Londres, y
su aventura en la Armada de Su Majestad le había permitido recorrer el planeta por la línea ecuatorial tal cual había sido su

propósito. Una vivencia irrepetible e invalorable -siguiendo sus propios comentarios- que aconsejaba como paso definitivo en el estudio de las humanidades. Se expresaba en inglés y el bueno del Conde traducía, introduciendo muchas citas de los clásicos que el traductor dejaba a la libre interpretación de los latinizados contertulios. Habló de avances científicos que parecían extraídos de un fabulario: vacunas para prevenir las enfermedades, purificadoras de agua, armas de fuego, novedosos instrumentos para la navegación y la observación astronómica. Etcétera, etcétera, etcétera...

Invitado a cenar el ilustre visitante la velada se extendió hasta la hora de los maitines del siguiente día. El entusiasmo de los jóvenes esta vez superó los límites de la contención y el protocolo y, a su regreso, el inglés fue acompañado, a pie, hasta los portones del Palacio del Gobernador Militar (antes del capitán General, escapado) en el que estaba alojado.

EL PRECIO DE LA VICTORIA".

"Yo te diré
Por qué, mi canción
Me falta tu risa
Me faltan tus besos
Me falta tu despertar..."

(Habanera)

Las horas, los días, las semanas y los meses transcurrían sumidos en una deliciosa placidez alejada de toda amenaza de peligro inminente y, sin embargo, el Gobernador Militar de La Habana saltó de la cama aquel día muy agitado y ansioso, preocupado por los informes que había recibido de sus oficiales la tarde anterior en el Consejo de Estado Mayor.

¡Ocho meses de ocupación! Y, sin que mediara un incidente digno de mención, la flota británica amarrada y fondeada en puerto estaba desprovista de operatividad por cuenta del exagerado número de soldados y marineros hospitalizados en tierra y enfermos en las embarcaciones. De nada había servido -observaba el Almirante- previera y aplicará medidas consecuentes. Cuando despachó una parte significativa de la flota custodiando el botín capturado después de la batalla rumbo a Inglaterra. Sustituyó, en aquellas tripulaciones, igual número de hombres sanos por heridos y contusos. Así completó las tripulaciones que quedaban bajo su mando y consideró reorganizada y completa la fuerza de choque.

No estuvo nunca a su alcance, sin embargo, apreciar la capacidad destructiva que escondía aquella ciudad, que se pondría de manifiesto en los meses siguientes, al compás del relajamiento de las disciplina al que son propensos los marineros en tierra. ¡El Mal de Indias! La enfermedad se cebaba en los hombres que la habían incubado sin saberlo, contraída quizás en Asia o en África. A veces complicada con otra enfermedad endémica en este país: fiebre amarilla, vómitos y diarreas... Muchos orinaban sangre y pus. Y, la inmensa mayoría, habían adquirido un color de tez macilento y mostraban al sonreír las encías inflamadas y muchos alvéolos vacíos. Algo inexplicable tomando en cuenta recibían una excelente alimentación que incluía muchos vegetales y frutas como instruían las Ordenanzas de la Armada.

Aquella mañana, el Almirante ordenó a sus capitanes restringir las salidas nocturnas y duplicar los retenes en las fortalezas y los barcos para suplir con el número la falta de salud de los hombres. A los convalecientes se les habló claro, tajantemente. A los que conservaban la salud se les advirtió acerca de lo peligroso que estaban resultando los burdeles. Y, a los oficiales subalternos que andaban amancebados con mujeres libertas, blancas y negras, en las barriadas de extramuros y apenas pernoctaban en los alcázares las noches que les tocaba acuartelamiento, se les amonestó en privado, amenazándolos con recargos de trabajo y, si era menester, con la degradación.

Buscando una solución, el Almirante, decidió entonces enviar un navío a Boston para reclutar los refuerzos que sabía no podía conseguir en Jamaica. Una operación que exigía la máxima discreción; porque la delicada situación de la flota, si llegaba a ser conocida por el enemigo, podía incitar al levantamiento o al ataque desde el exterior.

Considerando estas circunstancias, eligió una de las dos fragatas que patrullaban al Oeste el Canal Viejo de la Bajamar para que la ausencia de un buque pasara inadvertida a los ojos de la población nativa y, a tales efectos, cursó órdenes que llegaron a las manos de su comandante a bordo de una embarcación de pescadores que se contrató para la ocasión argumentando una enviada de víveres, pertrechos y correo. La fragata partiría dos días más tarde y la operación, calculada en otros veinte y cinco días, comenzó a contar a partir de un tercer día que amaneció lluvioso con tintes de tormenta huracanada.

La noticia de tormenta, sin lugar a dudas alarmante, resultaba un paliativo a las preocupaciones del Gobernador Militar porque absorbía el interés de la población ocupando a los vecinos en el acondicionamiento de sus viviendas, la manutención de sus familias y la salvaguarda de sus animales. Las medidas disciplinarias adoptadas unos días antes por el Jefe de la Flora encajaban ahora perfectamente, en el nuevo panorama, quedando así ocultas las verdaderas motivaciones que las habían justificado. Esto posibilitó ganar tiempo y alimentar esperanzas de una feliz solución del singular problema.

Antes de que comenzara a llover, el viento desató todo su poder sobre la superficie terrestre doblando el follaje de los árboles y levantando remolinos de polvo. Ya para entonces las puertas de las murallas estaban cerradas y nadie, entre los vecinos se aventuraba a salir a las calles. Previendo los efectos destructivos de la tormenta, los barcos fueron abarloados, unos a otros, a partir de un gran navío atracado a un buen muelle, con las cubiertas arranchadas, los paños recogidos y los mástiles atrincados.

Llegó entonces el turno de los aguaceros, interminables, copiosos, que por cuenta de la estación encontraron resecos los cauces de los ríos más cercanos que crecieron sin desmadrarse, evitando a los vecinos el disgusto y las pérdidas que las inundaciones habían venido produciendo en los últimos años. Un problema crónico que ayudaron a eliminar las obras públicas ordenadas por el Gobernador Militar para facilitar el desagüe de las barriadas edificadas sobre terrenos deprimidos.

La rapidez con la que se desplazó la tormenta hizo innecesario activar los planes de evacuación que se guardaban sellados en las oficinas municipales. Una labor que correspondía al Cabildo y que, por consiguiente, devolvió por unos momentos la vida a esta corporación ignorada por la administración británica. Siguieron dos días de lluvia, un tercero encapotado y, al cuarto, comenzaron a destrabarse unas ventanas que se abrieron para que la luz y el calor del sol ahuyentara la humedad de las habitaciones.

Para prolongar en el tiempo la desinformación de la población y sus elitistas dignatarios en torno a aquel problema que tanto le preocupaba, el Gobernador Militar convocó a su palacio al Segundo Cabo y le sugirió con mucha amabilidad y tomando en cuenta el afortunado desenlace que había deparado el destino a la ciudad tras semejante prueba, declarar una semana festiva como acción de gracia y homenaje a San Cristóbal, santo patrono de la urbe.

El Segundo Cabo acogió con beneplácito la idea y cursó órdenes a los miembros del Cabildo reunido en asamblea, después de varios meses de inactividad forzada por las circunstancias. Un detalle del Gobernador Militar apreciado por los cabilderos como una reconsideración hacia aquella entidad que, por su valor simbólico y sus vínculos con la población, podía también ser considerada su máxima representación.

Después de superar las dificultades de una cabalgata de dos días y una travesía en goleta de
ocho singladuras, el portador del correo enviado por el Obispo de La Habana arribó a Cartagena de Indias y, sin perder un minuto, se presentó en la sede del arzobispado. Recibido cordialmente, se le notificó que el Arzobispo lo recibiría en audiencia privada la mañana siguiente, por lo que se le brindó alojamiento.

Así fue, en efecto, pero más o menos que una audiencia todo quedó reducido a un saludo y una invitación para visitar juntos el Palacio de Gobernación, al que acudieron después de un breve desplazamiento en coche de caballos por las calles de la ciudad.

En representación del Virrey los recibió un Teniente General de Estado Mayor que, al verles entrar, después de haber sido anunciados, se levantó de una silla situada detrás de un escritorio aplastado por una montaña de legajos que proporcionaban al visitante una idea acerca del trabajo burocrático que allí se desarrollaba.

-Buenos días, Monseñor, -saludó el anfitrión, sin enfatizar una sola sílaba.

-Buenos días, Excelencia, -respondió el aludido, en el mismo tono-
.

Entonces el enviado por el Obispo de La Habana se cuadró y saludó. Un gesto que resultó
curioso porque no vestía uniforme.

-¡Coronel Alvaro Polavieja! ¡A sus órdenes!

El Teniente General le devolvió el saludo y, esbozando una sonrisa los invitó a tomar asiento en un saloncito contiguo amueblado y decorado con sobriedad y elegancia. Después tomó la palabra y les explicó con claridad la situación: "El proyecto de un contragolpe marítimo y un desembarco para recuperar La Habana había quedado, definitivamente, desestimado. Esta decisión no sólo tomaba en cuenta el enorme esfuerzo que representaba reunir el material y los recursos humanos imprescindibles para hacer factible la operación, sino también la evolución de la situación política a partir de un cierto equilibrio conseguido en los campos de batalla. "Las Casas Reales de los países implicados en el conflicto habían iniciado negociaciones. El Virrey navegaba rumbo a la península. Las cosas marchaban, esta vez, por buen camino.

-Regrese a La Habana y tranquilice a Monseñor -resumió el Teniente General, dirigiéndose al Coronel-. Todo se arreglará satisfactoriamente, si Dios quiere.

-¡Que así sea! -exclamó el Arzobispo, persignándose-.

Ambos se despidieron y marcharon.

SEGUNDA PARTE

"EL REGRESO DE LOS INQUISIDORES".

"La cruz para los arrepentidos. La espada para los contumaces".

Divisa del Santo Oficio.

"LA CIUDAD DE DIOS"

"Dónde está la Ma' Teodora?
Rajando la leña está
Con su piano y su bandola
Rajando la leña está...

Son

El Aviso con la Real Orden de abandonar la plaza tras devolver su gobierno a los españoles y trasladar la flota a la más septentrional bahía Vizcaína, desde la cual se podía controlar eficazmente el extenso y geográficamente complicado territorio conseguido por la Corona Británica a cambio de la devolución a sus anteriores señores de la ciudad de La Habana, entró empavesado por la bocana de la bahía ciñendo con gallardía la ventolera que le atacaba por proa.

Muy pronto consiguió la veloz embarcación atracar a un muelle a la altura del Castillete de la Punta y, tan pronto los marineros colocaron la escala real, un capitán de infantería de marina ascendió por ella a la cubierta. Se le había encomendado ir en busca del Comandante de la fragata para trasladarlo en coche al palacio del Gobernador Militar.

Una travesía de quince singladuras establecía, tales negociaciones, tenían que haberse efectuado un mes antes y que, con el fin de las hostilidades, se estaba configurando un novedoso mapa de los dominios coloniales en el Nuevo Mundo. El Gobernador Militar recibió amablemente al capitán del barco, leyó el correo oficial en su presencia y lo invitó a retirarse, no sin antes le ordenara que asistiera, en representación suya, a una velada que se celebraría esa noche en el palacio del Marqués de la Real Proclamación.

-Podrá usted, Capitán, disponer de mi coche.

-Gracias, Señor, -le agradeció el marino que valoró lo que aquello significaba-. Me deslumbra Señor, con su generosidad.

-Interpreté el reconocimiento a un excelente servicio -concluyó el Gobernador Militar, haciendo sonar una campanilla-.

Un criado de librea abrió la puerta desde el exterior. El capitán del Aviso se cuadró, saludó y se marchó. Entonces el Gobernador Militar hizo un gesto con la diestra al criado para que se aproxima.

Cenó esa noche en su palacio con los tres Capitanes de Navío de su Estado Mayor explicándoles la evolución de los acontecimientos y transmitiéndoles las órdenes recibidas. La paz era un hecho. Brindaron por la paz y por nuevas victorias.

-¡Dios salve al Rey! -alzó su copa el Gobernador Militar-.

-¡Dios salve al rey!, -corearon los otros-.

La entrada y la salida de los barcos en el puerto atrajo siempre la curiosidad de los vecinos, así que no tardó en llegar la noticia al convento y fortaleza de San Francisco y por allí al Obispo de La Habana que ya para entonces disponía de una importante colección de buenas noticias. Pero un aviso empavesado daba la nota porque anunciaba a gritos la llegada de buenas noticias para el inglés. Algo que no dejaba de mortificar a Monseñor que, con su sagacidad céltica, no dejó de considerar podía también tratarse de una maniobra diversionista para confundir a los pocos buenos españoles en aquella ciudad.

Ordenó a sus agentes precisar los detalles y, el siguiente día, ya tuvo conocimiento de la bienvenida al capitán del barco y de otras celebraciones que se sucedieron. Matizaciones que contribuían a deducir, interpretando lo que ocurría en el escenario, lo que se cocinaba en la trastienda del Alto Mando de la Armada Inglesa.

El Obispo recorría una y otra vez el reducido espacio en el que se había montado la oficina bajo tierra, un cuadrilátero entre paredones de sillería iluminado por los cirios de una menorah. Distanciado y discreto, el amanuense se ocupaba con sus legajos, dirigiéndole miradas furtivas y presto para acudir en su ayuda con un comentario apropiado.

El Obispo reflexionaba, quería fijar correctamente la situación y con ese objeto contrastaba mentalmente las informaciones de última hora y anteriores que había recibido. Tenía muy claro, porque conocía muy bien el modus operandi que les caracterizaba, los ingleses no se irían sin antes montar un espectáculo que dejará impresa en las mentes de los habaneros, esta guerra, la ganaron ellos, que si se marchaban de la ciudad era porque, a cambio de la ciudad, obtendrían un superior botín.

Esperaba que las autoridades españolas y en especial del Segundo Cabo, se negaran a firmar cualquier documento y adquirir compromisos en ausencia de instrucciones reales. Se imponía esperar por un Correo de Gabinete que enviaría el Consejo de la Corona desde Versalles o

desde Madrid. Un barco al que, por lo visto, se anticipó el Inglés, con su inconmensurable perfidia para demorar el esclarecimiento de los hechos y un enfoque bilateral del asunto. Si esto llegaba a suceder, los brillantes de la fiesta por la supuesta gran victoria quedarían disminuida.

Incondicional admirador de las habilidades diplomáticas de su superior, el amanuense esperaba en su sitio la explosión que solía producirse después de estos largos períodos de tiempo dedicados a un análisis en el silencio de los acontecimientos. Acostumbraba redondear con una frase precisa las exposiciones del Obispo y muchas veces era incapaz de reprimir su entusiasmo.

Tocó al Segundo Cabo presentarse en palacio. Lo acompañaba, como siempre, el Conde de Pinar del Río, su intérprete y consejero privado. Se negoció el traspaso de poderes, acordándose el nombramiento de una comisión bilateral de tres miembros por parte que redactará las actas y se fijó una fecha para cerrar el trámite que incluía una celebración pública con parada en el Campo de Marte y banderas desplegadas. Así como muy bien lo anticipó el Obispo: todo al gusto del inglés, que ya para entonces se había adelantado despidiendo al grueso de sus fuerzas navales y quitándose de encima el lastre de los numerosos hombres incapacitados para el trabajo y el ejercicio de las armas.

Tres días antes de zarpar los últimos navíos británicos, los oficiales españoles volvieron a tener en sus manos las llaves de los arsenales y se ordenó a las tropas, hasta ese día centradas en un millar de oficios, volver a vestir uniforme y portar armas. Ese mismo día el hombre del Obispo, luciendo un elegante traje a la moda francesa rematado con un tricornio azul y blanco, se presentó en el caserón del Conde de Pinar del Río, al que estaba destinado un sobre lacrado que sostenía a la vista en su mano izquierda.

El regreso de Monseñor a su sitio al frente del rebaño fue pactado en el interior de la vivienda: se efectuaría en el preciso momento que el Almirante de la armada abordara la nave que habría de llevarle de regreso, con una misa de Acción de Gracias que tendría lugar en la catedral. Una noticia que aceleró el ritmo de las actividades en el Orden del Día que siempre, hasta entonces, se cumplió a rajatabla en la Ciudad de Dios, limitándose ahora curas y monjes las horas de reposó para tenerlo todo a punto llegado el momento.

Las listas de las faltas y las herejías cometidas, cuándo y por quienes. La fornicación y el lenocinio al servicio del inglés; los variados casos de apostasía. El oportunismo en el comercio y la deslealtad a la Corona enmascarada o no. La cobardía ante el enemigo, en la que tomó la delantera el mismísimo Capitán General. Las donaciones encubiertas a las iglesias reformadas, excomulgadas por Roma, etcétera, etcétera. Etcétera...

Primer Inquisidor nombrado el Obispo al que hasta ese momento había sido su secretario, hombre entregado en cuerpo y alma a su misión en esta vida. Y, a continuación, nombró exorcistas, priores, rectores espirituales; confesores que tendrían a su cargo enderezar a una aristocracia que andaba por muy mal camino... El trabajo - lo veía con claridad-, la reconstrucción de la iglesia de Cristo en aquella ciudad perdida para la Fé, como si de una prueba divina se tratara, se había constituido su ministerio diocesano.

-¡Jesús, María y José! ¡Cuánta pesada es la carga que ha impuesto el Señor a mis frágiles hombros!, -se lamentaba-.

Pero el amanuense acudía en su auxilio:

-Esperen -nos dejó dicho el Señor No se alejen de Jerusalén.

-¡Que así sea! -completó el Obispo esta reflexión de Lucas.

"UN DIA DE SAN CRISTÓBAL "

"¡Que de barcos! ¡Que de barcos!

¡Que de negros! ¡Que de negros!".

Guillén

Si la retirada de los ingleses llenaba de regocijo a todos aquellos que recuperaban poder militar, civil y eclesiástico, los comerciantes, los artesanos y los músicos asumieron la llegada de las "vacas flacas" y se apretaron los cinturones en materia de gastos superfluos. Para superar las pérdidas, muchos adoptaron como primera opción poner en venta a sus esclavos y esto significaba el fin para algunos burdeles del puerto, pero la desaparición de las fronteras artificialmente creadas facilitaba cumplimentar las demandas del mercado rural sin gravámenes extraordinarios como hasta aquel momento había venido sucediendo. Un detalle que contribuía notablemente a estabilizar la situación.

La principal preocupación de la nobleza nacía de las restricciones comerciales en el ámbito exterior que podían volver a aplicarse tras la restauración del poder borbónico en la urbe. Así que se organizaron para solicitar de la Corona -en concepto de premio a la fidelidad durante la ocupación extranjera- algunas leyes más flexibles y apropiadas a las necesidades económicas del país.

Resultaban innegables los progresos que había experimentado la ciudad, estructurales y sociales, con la regencia inglesa. En aquellos pocos meses muchas esclavas se emanciparon y muchos prostíbulos prosperaron, adquiriendo y revendiendo los intermediarios otras muchas esclavas para colocarlas en los florecientes lupanares. La pequeña burguesía blanca había ascendido en su conjunto y muchas entre aquellas familias se encontraban, de buenas a primeras, en condiciones de adquirir títulos nobiliarios. De la aristocracia negrera se podía

esperar cualquier cosa, tal poder había adquirido. Y de la sociedad se podía sospechar que estaba muy conforme con lo que había venido sucediendo.

Sin acercarse mucho al clero anglicano y alejado del propio, de la salud espiritual de la población nadie daba razón y desde el clandestinaje, el Obispo de La Habana y sus custodios del Santo Oficio sostenían en la distancia una perseverante fiscalización, consciente de que sobre estas piedras tendrían que reconstruir la iglesia de Cristo, romana y católica. El tesoro encontrado no era otro que el proporcionado por el comercio con los irreductibles enemigos del Rey que ya antes medraban con el rescate, del que también participaban los inescrupulosos terratenientes de la Isla amparados en las selvas que separaban la ciudad de sus propiedades. Los barcos de los contrabandistas entraban al amparo de la bandera ingles por la bocana de bahía, atracaban en los mejores muelles y junto a la carga que registraban los aduaneros y al listado de tripulantes que supervisaban las autoridades, introducían en el país propaganda incendiaria contra el establecimiento, conceptuado por ellos como "antiguo régimen".

Política que solían emplear los herejes para contaminar los dominios del Rey. Libros prohibidos por Roma, tratados de Nigromancia, Alquimia, Astronomía, Taumaturgia. Papeles de música sicalíptica para amenizar los bailes, ajenos a la moral cristiana. Lujosas bañeras que acogían a dos personas; vestidos que proyectaban los senos de las mujeres hasta un punto inadmisible a la decencia. Pelucas que afeminaban a los hombres; perfumes, cosmética...

Pero era más que nada la llegada de barcos negreros lo que había adquirido una fluidez nunca jamás vista. Cientos, miles de hombres y mujeres de todas las edades, de todas las naciones africanas. Una tal cantidad que pulverizaba los precios y hacía muy lucrativa la reventa a los plantadores ingleses y franceses en las colonias del Sur de la Tierra Firme Inglesa. Y era así que de este puerto partían otras embarcaciones, más pequeñas que las anteriores, encargadas de distribuir las partidas encargadas y pagadas.

Desfilaron, pues, las tropas, entre salvas de fusilería y volvió el pendón borbónico a tremolar sobre el faro del castillo de los Tres reyes del Morro. La población congregada en torno al Campo de Marte aplaudió y chilló al paso de las formaciones de las casacas rojas, tanto como vitoreó al paso de las fuerzas propias que, de un día para otro, parecían haber recuperado la marcialidad y la prestancia.

Los que se marchaban dejaban detrás algún idilio roto, alguna hembra preñada, muchas amistades y buenos y malos recuerdos. Los sacerdotes anglicanos son unos pocos conversos que ahora tendrían que volver, por las buenas o por las malas, a la verdadera Fé. Y los cocineros y los músicos un inapreciable tesoro de recetas fruto del intercambio de experiencias y modelos.

Abordó su navío el Almirante, despedido al pie de la escala por el Segundo Cabo y comenzaron a repicar las campanas de las iglesias. El Almirante subió al alcázar y dirigió una mirada a la ciudad, considerando, erróneamente, se trataba de una elegante fórmula de despedida cuando en realidad constituía un solemne saludo a un Obispo que había logrado conservar la vida sin abandonar su diócesis en los momentos más difíciles de su ministerio.

Soltaron amarras y la nave capitana, remolcada por botes que tiraban de ella, por ambas amuras, al empuje de los remos, comenzó a desplazarse lentamente sobre el espejo de aguas que se reservaba la bahía. Llegada la nave a la altura de sus murallas, las baterías del castillo de los Tres Reyes del Morro dispararon once salvas de honor. Un detalle que complació en extremo al Almirante, sorprendido por esta última gentileza de los españoles.

La gente del pueblo colmaba toda la línea del litoral y disfrutaba con el hermoso espectáculo de tanto barco navegando el mismo rumbo y tantas velas desplegadas a favor del viento. La misma escena que, a una mayor escala, se había producido cuando se iniciaron las hostilidades, ahora desprovista de aquel carácter agresivo.

Se quedaron en la ciudad, solamente, los ingleses muertos enterrados y los hijos por nacer que jamás conocerían a sus padres. Mulatos, casi blancos a los que, en los registros bautismales de las parroquias se les trataría de cuarterones y ochavones en atención al caso y en los orfanatos de los conventos recibirán educación en el amor a Cristo y la fidelidad a sus reyes.

Volvieron a redoblar las campanas de la catedral llamando a la misa y volvieron a la realidad los hasta aquel momento abstraídos espectadores. Los grupos comenzaron a disolverse y las calles se hicieron pequeñas al gentío que ahora celebraba el acontecimiento sin cortapisas, a voz de cuello, con guitarras, maracas y tambores; porque a los esclavos que nutrían aquella multitud, como era habitual en las grandes celebraciones, se les había concedido un día de absoluta libertad que normalmente empleaban en cantar y bailar al estilo de sus naciones.

Al reclamo a misa del campanario de la catedral concurrió el pueblo todo, los ricos y los pobres, los blancos y los negros. Más cerca del presbiterio los aristócratas, sentados los burgueses, pegados a los paredones y a la sombra de los umbrales de las puertas abiertas los libertos.

El diácono dio lectura a un pasaje de los Evangelios escogido para la ocasión:

-"Era el año quince del reinado del emperador Tiberio, Juan empezó a predicar su bautismo por toda la región del río Jordán diciéndoles que cambiarán su manera de vivir para que se les perdonaran sus pecados. Decía, pues, a las multitudes que venían a él de todas partes: "Raza de víboras: ¿Quién les ha dicho que evitarán el castigo que se acerca? Muestren los frutos de una sincera conversión en vez de pensar: "Nosotros somos hijos de Abraham". Porque yo aseguro que de esta piedra puede sacar Dios hijos de Abraham. Ya llega el hacha a la raíz de los árboles; todo árbol que no de fruto va a ser cortado y echado al fuego...

Después continuó el ritual litúrgico hasta que tocó al Obispo enfrentar desde el púlpito a su descarriado rebaño. Se mostró tajante, colérico, tal cual fue descrito Yahvé por los profetas. Fustigó y amenazó a los poderosos, porque atemorizando a éstos atemorizaba a la sociedad en su conjunto. Insinuó estar al tanto, enterado de todo. Advirtió acerca de algunos casos que iban a ser juzgados por el Santo Oficio. Presentó a sus más cercanos colaboradores y pidió ayuda a los buenos cristianos para combatir el mal...

El populacho escuchaba mudo. Las damas, recorridas interiormente por intensos estremecimientos. Los caballeros fingiendo una ecuanimidad ajena a la realidad del momento. Preocupados por lo que podía suceder si todo lo que se prometía desde el púlpito se materializaba en las disposiciones que estaban por llegar de la Corte.

"PATRIA, RELIGIÓN Y FAMILIA".

"A Dios rogando y con el mazo dando".

Refrán popular.

El breve período de tiempo que precedió a la llegada del Capitán General suplido interinamente por el Segundo Cabo fijó el campo a una batalla ideológica iniciada por el clero con la pretensión de reconducir a los habaneros por el buen camino en el culto a los valores tradicionales en el cristianismo católico, borrando la mala influencia que la así llamada: iglesia reformada había cultivado con un cierto éxito. Durante los meses que ocuparon los ingleses la ciudad.

Se sabía que muchas de las sociedades secretas que proliferaban en Europa desde que fueron promocionadas por el Lord Protector, acosadas por las persecuciones, habían conseguido pasar al Nuevo Mundo, a veces empujadas por los intereses políticos de las potencias enfrentadas, utilizadas como armas arrojadizas contra los adversarios. La Obra, enfrentaba este problema con un interés especial llegando, incluso, a colocar agentes en el seno de estas nuevas sectas para estudiar sus estructuras, modus operandi y proyectos futuros.

No se iban a marchar los británicos sin antes implantar en la sociedad habanera el libre pensamiento y la masonería. Consecuentemente, el Santo Oficio emergió de nuevo a la luz con todos sus dispositivos activados, decidido a conseguir el éxito de sus planes y propósitos. Un interés que, conocidos sus métodos de persuasión, atemorizaba a los ricos y aterrorizaba a los pobres.

El estamento de los mulatos libres controlaba los gremios artesanales y fue por eso sometido a una pormenorizada fiscalización del comportamiento ético de sus integrantes durante aquellos meses de ocupación extranjera. Se sabía que habían obtenido pingües beneficios abasteciendo con sus artículos a la armada inglesa; pero lo más execrable a los ojos de los

inquisidores: la disoluta conducta de las mujeres, tenía que ser el primer capítulo en la trama purificadora.

En los registros se relacionaba a las prostitutas, esclavas al servicio de sus amos y por eso mismo ajenas a toda culpabilidad; a las mujeres libres que se habían emparejado con herejes, muchas entre ellas ahora madres de bastardos y a las acomodadas, con pequeñas y grandes fortunas conseguidas en el pecado. Se constituyó el tribunal y se instaló el cadalso en la Plaza de Armas. El mensaje no pasó inadvertido y algunos nobles se acercaron al Segundo Cabo para solicitar su mediación y evitar los excesos antes de que se produjeran. El procesamiento de las mulatas libres iba a salpicar, sin lugar a dudas, a la alta sociedad criolla. Las fortunas que se manejaban en los procesos hablaban por sí mismas y la voracidad del clero era insaciable.

Siempre se atribuyó a los negros una incapacidad que los confinaba al nivel intelectual de los niños y nadie se preocupó en averiguar lo que sucedía en ciertas festividades cristianas, cuando se les obsequiaba un día de asueto que ocupaban en cantar y bailar. Nadie se había ocupado en estudiar sus lenguas y, mucho menos, nadie entre los inquisitivos curas del Santo Oficio, se dignó averiguar si, en lo que hablaban entre ellos, se faltaba a la iglesia.

Este desinterés de los amos por las particularidades sociales de sus esclavos, negadas al negarles la condición de seres humanos, posibilitó conservar sus lenguas, religiones y la memoria de sus costumbres ancestrales. Esta era la espiritualidad que afloraba en aquellas celebraciones con sus estrafalarias puestas en escena y la sensualidad de sus bailes, Nadie entre los amos de esclavos y los curas inquisidores sabía que en la imagen de Santa Bárbara, virgen y mártir, se chillaban invocaciones a Changó, el dios del rayo y del trueno y ante la de San Lázaro -santidad cuestionable desde el punto de vista de la curia- se rezaban ofertorios a Babalú Ayé, un dios mendicante; y que en la imagen de la Virgen de las Mercedes o de la Mercé -como pronunciaban habitualmente los habaneros- estaba Obbatalá, la misericordiosa... El panteón yoruba era rico en dioses y mitos, pero le acompañaban en este viaje los mitos minas, herreros y bantúes...

El transcurrir del tiempo y el crecimiento de la población de la ciudad a expensas del mestizaje, lejos de borrar, absorbió este complejo cultural que, en poder de los negros y mulatos libres se garantizaba la continuidad. Fue entonces que se hizo pública "la santería", un culto de origen africano practicado a la luz del día en la impunidad del desconocimiento general, encubierta en el formato litúrgico de la iglesia de Cristo.

¡Idolatría! Una novedosa manifestación de las fuerzas maléficas. Algo execrable, propio de negros, ajeno a la cultura del hombre civilizado, para el Santo Oficio alarmante y para la mediana y alta burguesía inesperado recurso para colocar en su sitio a tanto negro exhibicionista y tanta negra soberbia. La batida se inició una mañana, sin aviso previo. La comprobada existencia de una conspiración de negros justificó las actuaciones judiciales. Durante los registros en las barriadas de extramuros se incautaron ídolos, huesos humanos e irrefutables pruebas de prácticas de hechicería. Resultaba obvio que estaban organizados, estimulados por el éxito económico conseguido con la ocupación inglesa y que les animaba el propósito de sublevarse y asumir el control de la ciudad y el campo. ¿Cómo planeaban

conseguirlo? Pues allí mismo, a tiro de ballesta, estaban los ingenios con sus plantaciones y sus dotaciones de esclavos que supuestamente agrupados y sometidos al mando de estos mulatos libres, instruidos en artes y letras, ya pensaban en no dejar blanco con cabeza sobre los hombros en esta isla, en un breve espacio de tiempo.

Los sospechosos interrogados por el Santo Oficio proporcionaron a las autoridades eclesiásticas valiosas informaciones y muchos nombres de hombres y mujeres blancos implicados en diversas tramas. Después de un par de autos sacramentales con sus correspondientes víctimas ahogadas o achicharradas, el flujo de confidencias parecía no tener fin y el ritmo de la represión alcanzó su máximo nivel. Se comenzó a emplear el potro en los interrogatorios y el garrote vil se sumó al cadalso y la hoguera en el mortificante trabajo de eliminar endemoniados, brujas, conspiradores y herejes de todo tipo y condición.

Los bienes de los ejecutados quedaban inmediatamente incautados, correspondiendo la quinta parte a la Corona y el resto a la Iglesia, que cumplía sus compromisos con Roma y cargaba con los gastos de la Obra. La caída de estos hombres y mujeres bien situados en la sociedad propiciaba el ascenso de otros, pero generaba una crisis que lejos de constituirse un problema, estimulaba la actividad de los gremios y promocionaba una nueva hornada de artesanos.

Tan pronto los inquisidores terminaron su trabajo con los mulatos libres, tocó el turno al estamento de los blancos pobres. Muchos, entre ellos, se habían aprovechado descaradamente de las insidiosas prebendas que ofreció el Inglés y se habían lucrado consiguiendo acomodo. Como hasta aquel momento se habían considerado por derecho de nacimiento personas de naturaleza superior, miraron siempre por encima del hombro los suplicios a los que habían sido sometidos los mulatos rebeldes y las mujeres acusadas de trato carnal con los herejes. El fuego de las hogueras no les atemorizaba porque hasta entonces habían sido excepcionales los casos de hidalgos enfrentados al Santo Oficio y la tal situación parecía más bien tema de novela de caballería. Pero caídos en desgracia los primeros hidalgos, la nobleza criolla comprendió que tenía que apresurarse y las murmuraciones en sus corrillos consiguieron voz y presencia en una entrevista concertada entre el Segundo Cabo y el Obispo de la Ciudad.

El Segundo Cabo recordó al Obispo los límites que no debía sobrepasar la Iglesia en el ámbito de la legalidad y el Obispo argumentó para justificar la acción de los Canes del Señor, las excepcionales circunstancias a partir de la ocupación de la ciudad por los herejes extranjeros. Muy condescendiente con ese argumento, el Segundo Cabo expresó sus temores a que, indirectamente, quedaron tocadas muchas personas inocentes. Pero el Obispo le manifestó su absoluta confianza en el rigor que caracteriza el trabajo de los hermanos de la Obra.

Pasaron a otro asunto y el Segundo Cabo transmitió al Obispo la preocupación de los nobles por los excesos en el desarrollo de unas investigaciones que, con frecuencia, solamente conseguían corroborar las virtudes cristianas de los sospechosos. Errores inevitables, según el decir de Monseñor, que parecía decidido a no ceder terreno en ninguna cuestión. Entonces el Segundo Cabo dio un vuelco a la conversación refiriendo detalles de su vida privada, confesando al Obispo sentirse viejo y cansado, muy agradecido a Dios por haberle proporcionado una larga vida, protegiéndolo de los enemigos del Rey, su Señor, a los que

tantas veces enfrentó con éxito. El Obispo aprobó sus comentarios y le reiteró su respeto y aprecio adelantándose, el nuevo Capitán

General, que ya navegaba para ocupar su plaza, reconocería públicamente sus servicios al Rey en este período tan difícil.

Una copa de un buen vino selló la afectuosa despedida. El Obispo abandonó el palacio escoltado por dos soldados. Su coche aguardaba a las puertas. Antes de abordarlo se ajustó la estola. Soplaba el viento fresco del invierno habanero.

"UN REGALO DEL REY"

**"marchó a Londres, después de
habernos robado bien".**

Jústiz de Santa Ana

El nuevo Capitán General resultó un hombre demasiado joven para el alto grado militar que ostentaba, avalado por una brillante ejecutoria que desmentía, a priori, cualquier presunción de favoritismo hacia su persona. Arribó a la ciudad a bordo de la capitana de un pequeño destacamento naval que alineaba tres navíos y dos fragatas y aceptó con resignación los honores reglamentarios que le tributaron al desembarcar.

Como tenía por norma no dilapidar su tiempo aprovechó la recepción a continuación celebrada en el gran salón de su palacio para anunciar a la nobleza y al pleno de las autoridades militares, civiles y religiosas el nuevo proyecto que se había elaborado en la Corte para la Isla.

-Por Real Orden -anunció- nuevos puertos peninsulares habían quedado abiertos al comercio con Indias. Este incremento del tráfico marítimo imponía la fortificación de las plazas más importantes y, en el Mar Caribe, esta consideración correspondía a las ciudades de La Habana y Cartagena.

-Además -continuó-, la Corona apoyará cualquier iniciativa dirigida a mejorar las condiciones de vida de la población y al desarrollo de la agricultura y el comercio. A tales efectos y por Real Decreto y especial recomendación del Ministro Plenipotenciario sería instituida la Sociedad Económica de Amigos del País, entidad que tomaría en sus manos la proyección y ejecución de tales proyectos.

Las nuevas regulaciones tocaban también a la Iglesia y para el Santo Oficio significaban un duro golpe que ponía en entredicho su contrarreforma purificadora. La actividad de la Iglesia quedaba, de repente, circunscrita a templos y conventos. Ninguna autoridad legal asistía al clero en el espacio exterior. Esto concierne en exclusiva al poder temporal y Su Majestad, el Rey, así lo había decidido y decretado.

Gratamente sorprendidos por este discurso y después de jurar fidelidad a su Rey en la persona de su representante en la ciudad, todos los asistentes a la celebración, con la excepción del Obispo, se ofrecieron a colaborar en la realización de aquel proyecto de gobierno. Nadie, sin embargo, cuestionó a Monseñor acerca de la postura de la Iglesia al respecto y, de todos conocida su iracundia, nadie se atrevió a recriminarle una actitud irreverente ante una disposición emanada del soberano. El Obispo, por su parte, se dispuso a velar las armas; porque estaba perfectamente enterado acerca de las andaduras en Madrid y Versalles del Conde de Aranda, y había fijado una fecha para entrevistarse personalmente con el nuevo Capitán General.

En palabras del Obispo, las felonías de los herejes habían costado a la Iglesia sensibles pérdidas. Solamente por derecho de campana, diez mil pesos. Templos que fueron adaptados a las necesidades del culto anglicano y la herejía luterana que practicaban valones y frisones, incorregibles rebeldes a la autoridad de nuestros reyes, aliados sempiternos a la Pérfida Albión. Curas que fueron apaleados por negarse a entregar sus templos. Monjas que, en gravísimo peligro para su honor y sus vidas, tuvieron que ser evacuadas a lugares inhóspitos... ¿Cómo entonces la Iglesia iba a pasar por alto la soberbia de sus enemigos? ¿Acaso no merecía una indemnización moral y material?

El Capitán General escuchó atentamente el discurso que esperaba. Una semana le había sido suficiente para hacer suya una información detallada acerca del sucedido, del asedio y los posteriores once meses de dominio extranjero. Sabía de la valentía demostrada por el Obispo, inversamente proporcional a la cobardía del entonces Capitán General, que no se lo pensó dos veces para tomar las de Villadiego. Estaba dispuesto a ser condescendiente con los planteamientos del Obispo; pero el tributo exigido y cobrado por los ingleses había dejado vacías las arcas de la Capitanía General y no veía la forma de complacerlo.

-Tenga Monseñor en cuenta -le explicaba- que, según mis informes, solamente el comandante de la Armada Invasora se guardó en la bolsa: ciento veinte y tres mil libras esterlinas y pagó, a cada uno de sus capitanes, mil seiscientas libras esterlinas; a cada oficial, diez y siete y, a cada soldado, cuatro...

-Y todo eso lo pagamos nosotros -intervino el Obispo-.

-No todo, Monseñor, -replicó el Capitán General, abriendo los brazos expresivamente y dirigiendo al Obispo una irónica sonrisa-. No todo...

Muy poco o nada más tenían ambos que decirse, porque estando los dos perfectamente informados sabían que, por no haber sido oportunamente trasladados a lugar seguro en el interior de la Isla, los caudales de la Real Hacienda y la Compañía de Comercio habían caído intactos en poder de los ingleses. En el silencio de la complicidad ambos sabían que, lo poco que se salvó de la quema lo fue el monto de la soldada que cobraron los marineros, soldados y oficiales de menor rango en las fuerzas invasoras, para después gastarla en los bodegones y burdeles del puerto cuando no se amancebada con mujeres libertas, y el lujo de loros parlanchines a los que instruyen en tacos, esperando deslumbrar con ellos a sus amigos en Inglaterra.

Fue así como este encuentro entre el nuevo Capitán General y el Obispo Insumiso quedó en tablas. La capitanía no podía compensar a la Iglesia por sus pérdidas y la Iglesia, sin haber contraído compromiso alguno, decidió entonces desmantelar su dispositivo policíaco de cara al exterior, sin dejar por ello de permanecer vigilante.

Después de haber visto deambular por las calles de su ciudad a tantos extranjeros como naciones pueblan la Tierra, los habaneros poseían una cosmovisión antropológica sui generis que enriquecen ahora con la llegada de embarcaciones tripuladas por hombres oriundos de regiones de las Españas que hasta entonces estuvieron privadas de un acceso directo a las Indias: vascos, gallegos y catalanes, tan diferentes entre sí como a los castellanos, se sumaban a los canarios y andaluces que habían nutrido la población autóctona durante tres siglos.

Propiedad en exclusiva del reino de Castilla, la Llave del Nuevo Mundo, Antemural de las Indias Occidentales había conservado intacto el espíritu castrense de ciudad-fortaleza. El último incidente generó en la Corte dos iniciativas perfectamente compatibles que se complementaban. La una, hacer de aquella ciudad una plaza inexpugnable; la segunda, garantizarse la fidelidad de la población elevando su nivel de vida con los pingües beneficios de un comercio más intenso y diverso auspiciado por leyes justas que contribuyera a la eliminación del contrabando que, no por ilegal dejaba de tener carácter institucional.

Fue así que el bacalao salado y el aceite de ballena de Vizcaya se hicieron lugar junto a los embutidos aragoneses en las facturas de las plantaciones que, desde siempre, incluyeron la jabonería y las harinas de Castilla, los quesos manchegos y los vinos riojanos y gallegos, imponiendo en región tan diferente como lo era esta tropical una cocina y unas costumbres contrarias al medio.

Esta multiplicada oferta de artículos suntuosos imprimó mucho colorido a la vida cotidiana de los habaneros e incrementó los beneficios del gobierno que ya había fijado la alcabala en las posiciones claves para el comercio en el territorio insular: pero, a pesar de todo, no consiguió extinguir el contrabando porque la península ibérica era incapaz de satisfacer con sus exportaciones las demandas de este mercado floreciente en el que se aunaban las necesidades de la población , la industria y la agricultura. Castigado con severas sanciones se desarrolló a partir de entonces con mayor discreción, especializado en determinados géneros y utilizando embarcaciones de poco calado y superior velocidad. Los proveedores tenían sus bases en Jamaica y las colonias inglesas que ahora dominaban los canales de La Florida y Nuevo de la Bajamar. Dinero no era lo que faltaba a los magnates criollos de la ganadería, el azúcar y la trata de esclavos africanos.

"LOS CABALLEROS DE LA LUZ".

Para superar las deficiencias que habían provocado aquel desastre que lo fue la pérdida de la ciudad, don Ambrosio Funes de Villalpando, Conde de Ricla y Capitán General de La Habana dio precisas instrucciones a los oficiales de su Estado Mayor, la mayoría de los cuales lo habían acompañado en su viaje desde la península. Su proyecto de reforma, además de la reconstrucción de las existentes y la edificación de nuevas fortificaciones se basaba en una modernización del ejército multiplicando sus fuerzas y ampliando su capacidad operativa. Las tropas veteranas completaron sus plantillas con peninsulares y la milicia adquirió un protagonismo especial en el nuevo planteamiento estratégico de la defensa que la Capitanía, corrigiendo lo mal hecho al respecto hasta entonces, elaboró con mucha atención a los menores detalles.

Aquel proyecto del nuevo Capitán General parecía muy adelantado para su época, pero más que suyo había sido concebido en la Corte por una nueva clase política que arropaba al monarca y le planteaba las dificultades a la cara, sin que mediara intimidación alguna; reflejo muy probable de un estilo promocionado por los primos de Versalles: una modernidad que escandalizaba a los elementos más conservadores del clero, anclados en el inmovilismo.

Recomendado a su Excelencia el Capitán General por el Obispo de la ciudad, al coronel Álvaro Polavieja le fue encomendada la redacción de un informe de inteligencia relativo al comportamiento de la oficialidad durante el asedio y los combates que le sucedieron. Una tarea que exigía minuciosidad y debía desarrollarse con suma discreción reuniendo y contrastando la información obtenida de la población no combatiente, los soldados, los milicianos y los soldados y enemigos capturados.

El Hombre del Obispo tenía, además, acceso a toda la información recabada por la Iglesia y, pródigo en datos al respecto, al archivo del Santo Oficio, en beneficio de la Fé Verdadera. El Hombre del Obispo, un oficial con destino en la distante región de Sancti Spíritus al que sorprendió el ataque inglés encontrándose de visita en la ciudad, emergió de las sombras con la desproporcionada valoración que atribuye el populacho a cualquier hombre con poder de vida o muerte. Su perspectiva -conjeturó el Capitán General- resultaba inapreciable porque, a solicitud del Obispo, no se presentó ante el Alto Mando como establecen las Ordenanzas y así quedó sujeto en el servicio a Monseñor, coordinando la resistencia en el resto del territorio de la Isla y desplazándose por ayuda al exterior. Un interesante servicio que amplió sus horizontes y le desveló la cara oculta de la realidad, pues tuvo que tratar sus desplazamientos con contrabandistas que no eran precisamente católicos, sus viajes a través de las selvas con negros cimarrones caciques en sus palenques y su proyecto para un alzamiento con

sociedades secretas excomulgadas por haber sido atribuidas en su génesis a la mano negra del mismísimo Anticristo. Un caudal de conocimientos que iba a resultar muy útil en el cumplimiento de su nueva misión.

Los primeros expedientes exceptuados fueron los de aquellos que murieron o resultaron heridos y contusos en los combates. A partir de allí la oficialidad de inferior y mediano rango hubo de comparecer ante un Comité Instructor para explicar, al detalle, los acontecimientos en el ámbito de sus respectivas competencias. Como a los oficiales superiores les aguardaba un Tribunal Militar en la península hacia la que ya para entonces estaban de viaje el entramado que se construía contrastando las declaraciones de los oficiales subalternos conseguía un alto nivel de autenticidad sin que mediaran presiones objetivas o subjetivas sobre los testigos llamados a declarar.

Quedaron así en evidencia todas las deficiencias en el dispositivo adoptado para la defensa de la   plaza. En primer término, los detalles que afectaban la defensa en el castillo de los Tres Reyes del Morro, la pieza fundamental en el esquema de fortificaciones; vulnerable a retaguardia por la situación de un cerro cubierto de monte desde el cual se dominaba el mismísimo centro de la fortaleza. Se significaba como el punto más débil en la defensa de la fortaleza y, por ende, de la plaza y apreciando correctamente tal detalle, el Inglés, después de fijar convenientemente el asedio de la ciudad, inició su ofensiva en aquella dirección y con el propósito de tomar la costa.

Siguiendo el hilo de este cuestionario también iba a quedar aclarado, con los testimonios de los oficiales subalternos, que no existía coordinación alguna entre la guarnición de la ciudad y las fuerzas acantonadas en otras regiones de la Capitanía General. Si nada o poco se podía esperar desde Santiago, mucho menos se podía esperar de Pensacola. Pero el error definitivo -quedó demostrado- fue la sobrevalorar el poder destructivo enemigo que hizo a los oficiales del Cuartel General decidirse por una rendición aparentemente precipitada.

Los resultados del trabajo de Polavieja complacieron al Capitán General porque ponía en sus manos un instrumento de apreciable valor en aquellas circunstancias y como la pérdida del territorio de La Florida simplificaba las cosas, el nuevo dispositivo defensivo, además de superar las deficiencias puestas en evidencia en la situación anterior, pudo contar con el refuerzo de las tropas que hasta entonces habían servido en aquellos territorios.

Pero el plan elaborado en la Corte era todavía más cuidadoso y por eso, junto al Capitán General y un selecto grupo de oficiales habían viajado a La Habana compartiendo destino, quinientos sargentos con sus familias. Se pretendía con ello garantizar la instrucción de las nuevas unidades de milicias que se proyectaron con el reclutamiento forzado de todos los hombres libres: blancos, negros y mulatos entre los quince y los cuarenta y cinco años de edad, sobre los datos de un censo general de la población que se ordneó con carácter prioritario despúes de nombrar las calles y numerar las casas.

Prestigiado por su labor y con el beneplácito del clero, Polavieja podía presumir de su influencia en el nuevo gobierno, pero nunca lo hizo. Era un hombre desligado de los ambientes lúdicos y guardaba un luto eterno por su esposa fallecida en la flor de la vida. La mirada vuelta a Dios, la espada presta al servicio de sus reyes.

El Obispado entonces le confió una misión tan compleja como peligrosa. El Santo Oficio se
esforzaba en controlar las actividades de las sociedades secretas y estaba considerando penetrarlas. Poseía información acerca de ciertos movimientos en esa dirección recibida de la península; pero prefería disponer de informes obtenidas de sus propias fuentes.

El coronel Polavieja no era demasiado conocido en la ciudad y sólo en el último momento su identidad había sido manejada en las altas esferas de la sociedad habanera. Prestigiado por el valor demostrado en el servicio, los masones trataron, sin lugar a dudas, de atraerlo a su campo. Y esta sería su gran oportunidad para prestar a la Iglesia y al Rey un servicio de inapreciable valor.

Cuando levantaron la tapa del ataúd, los asistentes a la ceremonia desenvainaron y comenzaron a golpear con sables y espadas sobre la mesa rectangular en torno a la cual se hallaban congregados.

Dentro del ataúd levantó el neófito la cabeza envuelta en la mortaja y auxiliado por su padrino consiguió, no sin algún esfuerzo, ponerse de pie aturdido por el ruido y deslumbrado por los hilos de luz que habían conseguido atravesar la saca de lino y la venda de seda negra que le envolvía la cabeza a la altura de los ojos.

El hombre mediocre que había muerto acababa de resucitar a una nueva vida marcada por una motivación especial: la búsqueda del conocimiento como legítimo derecho en ejercicio para el bien del hombre en concepto de obra primordial de la creación. Ser viviente con derecho a unas libertades antes que espíritu abstracto, etéreo e intangible.

La Orden se constituía, en esta ciudad de La Habana y en este año del Señor de 1763, con carácter definitivo, en una logia que observaría el más estricto de los secretos en torno a sus actividades específicas y derivadas de la Logia Madre. No era inglesa en sus orígenes -como sospecharon siempre los espías del Obispo- y no existía prueba alguna que implicara en ello al médico del Almirante inglés, que era por todos conocido se aplicó a sembrar la semilla de esta secta diabólica entre los jóvenes aristócratas habaneros. Lo cierto era que, la masonería, había llegado a la Isla siguiendo las rutas del contrabando tal como había llegado a las colonias inglesas del Norte desde Francia. En concreto se trataba con la Orden del Gran Sol del Oriente.

Después de la lectura de varios textos esotéricos, la ceremonia de iniciación se dio por concluida y los hermanos, uno tras otro, se acercaron para abrazar al nuevo aprendiz manifestándole su aceptación. No hubo más. Los hombres fueron abandonando individualmente el recinto y sólo quedaron al final dos personas para desmantelar el decorado y poner a buen recaudo los objetos utilizados en la ceremonia.

En el mundo exterior nada se percibía. De lo que se hablaba en las tenidas nada podía mencionarse, ni tan siquiera insinuarse, bajo pena de muerte. Lo que ahora se fraguaba no era cosa de niños. En el Norte, las logias, ya habían evolucionado hacia centros de conspiración. Su metrópoli no resultaba tan grata al paladar a los colonos ingleses como lo fue durante unos pocos meses para algunos habaneros corruptos que vendieron su alma al Diablo para terminar después sus días en el destierro. Estaban hartos de impuestos y más

impuestos. La cacareada libertad de comercio se desvelaba un arma de doble filo. Los colonos no descartaban la idea de sublevarse.

Y en ello trabajaban los servicios secretos franceses, estimulándola, porque ofrecía a la Francia la posibilidad de propinar un magnífico golpe a la enemiga jurada, a la Pérfida Albión, que se había lucrado como nunca antes con la última guerra. La contaminación de las colonias del primo español la aceptaba el Rey Francés como natural y lamentable efecto colateral y se guardaba el secreto para evitar malentendidos y complicaciones innecesarias. Inglaterra, por su parte, devolvía el favor regando el veneno por los viejos y los nuevos Virreinatos de la Tierra Firme.

1868

NOTA PRELIMINAR.

Para sintonizar con La Habana lo mejor será admitir con resignación que las insuficiencias singularizan, valorizando determinados lugares, objetos y situaciones. Y que, así como una moneda o un sello de correos con errores en la impresión multiplican su valor en el mercado especializado una ciudad antigua, con la decrepitud de su descuidada arquitectura, puede atraer la curiosidad intelectual de muchas personas que desean apreciar sus valores antes de su desaparición.

Como La Habana no pinta sus edificios desde hace varias décadas, el compacto conjunto de su urbanización colonial, trazada a escuadra con el pragmático criterio de los ingenieros militares españoles, transcurridos cinco siglos, ha terminado por adquirir el delirante colorido de: "lo empercudido y lo desteñido", planteando un difícil problema a los artistas plásticos que hoy pretender atrapar en sus obras de arte el rostro de la ciudad, supliendo con luces y sombras los contrastes y el brillo de los colores borrados por los años y los aguaceros de las fachadas y los desvencijados paredones de las casonas solariegas cuyas columnatas, excepcionalmente sólidas, continúan soportando el paso y el peso del tiempo.

Más de medio siglo después del triunfo de la última revolución cubana, el colorido acuñado en la obra de los excelentes artistas que se agruparon tras el triunfo de la "penúltima" en el club informal posteriormente denominado Escuela de La Habana, es pura anécdota conservada en los salones climatizados del Museo Nacional. Y así también: ¡Museable!, puede ser considerada en su totalidad aquella Habana Vieja que les sirvió de modelo y ahora, más que arruinada por el descuido y el paso del tiempo, parece vestigios de un asentamiento arqueológico recientemente descubierto por un equipo de investigadores dirigido por un viejo profesor romántico enamorado de la historia.

Pero el espíritu de la antigua ciudad sobrevive hoy día en la alegría que manifiestan las personas que la habitan. Una población que, con el paso de los siglos ha ido integrando, en un mestizaje poliédrico, lo español, lo africano, lo chino y lo amerindio, en el interés general por la supervivencia frente a los circunstanciales enemigos que lo fueron siempre el inglés, el francés y el holandés cuando no el cólera morbo y los huracanes. Con la Ilustración, la definición europea del contexto social cubano acentúa sus matices. La modernización del Estado y el enfoque institucional en el manejo de los asuntos públicos durante el reinado de don Carlos III tocaron particularmente al ejército español y llevaron hasta la ciudad fortaleza de La Habana los aires de renovación que, en el Viejo Mundo, dieron el golpe de gracia al obscurantismo religioso y allanaron el camino a las revoluciones americanas del siglo XIX. Durante aquellos años, la flor y nata de la juventud habanera se educaba en el Seminario de San Carlos y San Ambrosio, compartiendo un profesorado de presbíteros y doctores criollos y

una nueva metodología de la enseñanza que hacía de la experimentación en las aulas el plato fuerte en el orden del día cada mañana, mientras se explicaba en castizo castellano una nueva filosofía que en tono conciliador aceptaba ideas hasta entonces consideradas impropias, extraídas de doctrinas heréticas, obviando la defensa apasionada de los cánones y sintetizando los más elaborados conceptos sin vacilar en expropiarlos en interés del discurso. Con el eclecticismo se imponía la moda de la cultura enciclopédica y se promocionaba el libre ejercicio del pensamiento, la hoja impresa, el papel periódico y las florituras de una espléndida poesía vuelta hacia la vida interior de la localidad.

Fueron los años que marcaron el carácter de la que hoy llamamos: Habana Vieja, declaramos: Monumento de la Humanidad y dejamos morir sin hacer nada para impedirlo. Calles, templos y plazas que han quedado para escondites de fantasmas y viejos e irreverentes caserones que, negándose a aceptar la extremaunción, siguen proyectando a la luz de la luna las sombras arabescas de sus balcones sobre el suelo empedrado de las calles estrechas que han terminado por enterrar, en el silencio secular, el rítmico sonido de las fuertes pisadas de los caballos que antaño tiraban de las calesas y los melodiosos arpegios de las guitarras que alguna vez pulsaron los trovadores en homenaje de las damas.

PRIMERA PARTE

" LAS LLUVIAS ".

" LAS AGUAS Y LOS DIAS ".

**"Llovía como llueve en el trópico,
con mucho rayo y mucho trueno..."**

**Emilio Bobadilla
(Fray Candil)**

Cascajos. Puros cascajos... Chinas pelonas pulverizadas bajo las ruedas por el peso de los carruajes. Polvo que enturbia las aguas impulsadas calle abajo por el aguacero. El mes de mayo y la estación pluviosa comienzan juntos. En un principio breves descargas de gruesas gotas espaciadas. Al final, torrenciales aguaceros grises e impenetrables.

El agua se cuelga de lo que encuentra y queda presa la ciudad en la penumbra húmeda que desciende a torrentes desde los cúmulos interpuestos entre el sol y la tierra.

-¡Agua que cae del cielo!.. -cantan los negros-.

-¡Que llueva ! ¡Que llueva! ¡Virgen de la Cueva! -cantan los niños-.

El cauce seco del río anejo a la ciudad recobra su caudal multiplicado y sus aguas relamen las cejas sobre los ojos del puente antiguo. Un espectáculo que aterroriza a los viandantes: jinetes apresurados, viajeros entumecidos en coches herméticamente cerrados.

El teatro estrena zarzuela esta noche y las niñas bien sufren la lluvia que les arruina el paseíllo triunfal por la alameda. La frialdad se anticipa a la noche. Hay que pensar en mantones y olvidar los escotes.

La niña Matilde se contempla sentada ante el espejo. Aún no ha terminado de vestirse y sus hombros desnudos erotizan su imagen virginal. Siente además la frialdad del ambiente sobre la piel en las espaldas y escucha por la ventana entreabierta el armonioso golpear de la lluvia sobre el piso mojado.

De los techos descienden gruesos chorros que las canales dirigen a los tinajones insepultos que ciñen los portales interiores en el patio del caserón.

La niña Matilde se deleita contemplándose y escucha complacida la música del agua vertida sobre la tierra sedienta, que redobla en las tejas de arcilla cocida y entabla un contrapunteo rítmico con la que cae al suelo desde el techo.

-¡Agua que cae del cielo! -cantan los negros-, regocijados en la fruición que les obsequia la naturaleza del trópico.

En la Plaza Vieja, los puestos de fritangas que llevan las negras horas han perdido una clientela que se refugia en los portales, si no emprende abierta retirada.

El humo de los fogones aventados pica los ojos al aventurado curioso y el olor de la leña húmeda se resiste al fuego y lo invade todo.

En la privacidad de las mansiones que rodean la Plaza es tiempo para juegos amorosos en los que algunas fámulas adquieren destacado protagonismo. Y así es para el joven don Fernando a quien sirve la merienda en la cama una mulata adolescente de rostro semita y piel indostánica.

Su triunfo sobre el macho la erige dueña de la situación y se pasea desnuda por la alcoba del amo después de rendirlo con la concupiscencia que emana de su floreciente sexualidad.

El niño don Fernando la disfruta y la adiestra en las artes del amor liberado de toda inhibición. Nada sabe la esclava de convencionalismos sociales y virtudes católicas. En su infeliz existencia no ha conocido otros afectos que los de su progenitora. La ordenan y obedecen. La hacen venir y viene. Le piden esto y lo da. Sólo su ignorancia la protege de sufrir lo insufrible. Se siente halagada cuando la toma el amo. Enaltecida ante los de su propia condición. Pero después de la placentera diversión tiene el hijo del marqués otras ocupaciones y vuelve la esclava a ser quien es y otra vez la envuelven las penumbras de su triste destino, que en nada la protegen de las miradas suspicaces de sus compañeras de infortunio.

Es habitual a esta hora repiquen las campanas de la catedral llamando a los fieles a la misa de la tarde mientras los chiquillos de la catequesis abandonan el templo por la puerta de la sacristía. El viento cambia de dirección y comienza a batir desde la tierra al mar. Deja de llover, reaparece la luz del Sol entre las nubes y un caleidoscopio de luces deviene muy pronto un precioso arco iris.

Como si se tratara de un ejército que ejecuta una maniobra, en todos los caserones son enganchados los caballos a sus carruajes por los elegantes conductores que lucen libreas y largos machetes ornamentados.

Entre la Plaza Vieja y el teatro apenas median unas pocas calles, pero nadie que se precie
hace ese trayecto a pie y el embrollo que produce un tráfico de coches ajeno a toda reglamentación da lugar a un colapso que anima la ciudad a esa hora de la tarde.

Al paso de las calesas se acercan los hombres jóvenes solteros, jinetes en sus sementales, para susurrar requiebros y cincelar piropos a prudencial distancia. Los caballeros esgrimen sus armas y no sólo para abrir camino a sablazos, porque también les está encomendado disuadir de impremeditados avances a cualquier caballero.

Es así que se llega al teatro. Deteniéndose los coches, uno detrás de otro, frente al portal donde un maestro de ceremonias, de tez tan negra como la de sus servidores, recibe a los recién llegados y advierte a un bastonero que se ocupa en conducirles a su palco y anunciar a los señores.

Cada coche que llega es un acontecimiento. Cada mujer es un objeto de adoración. La sala suele estar brillantemente iluminada y es este uno de esos momentos que toda chica casadera aguarda. Vuelan algunas flores, se agitan en el aire los pañuelos. Y en medio del demencial barullo se escuchan voceadas expresiones crípticas que sus destinatarias escuchan con fingido desinterés.

De repente una trompeta emite un estridente aviso. Llega la oscuridad y el silencio. Sube el telón. Y un fuerte aplauso sacude la sala cuando el primer actor aparece en escena. Suena la orquesta. Comienza el canto...

La niña Matilde se vale de los anteojos para disfrutar la escena y explora subrepticiamente la platea hasta encontrar a un joven que le devuelve la mirada con una sonrisa enmascarada en la oscuridad.

La zarzuela que se estrena esta noche es de temática local y asimismo los miembros de la compañía que la interpreta son popularmente conocidos. El tratamiento musical está a cargo de una orquesta de músicos libertos dirigida por un prolífico compositor mulato, autor de un centenar de danzas por encargo de la alta sociedad.

Comienza el espectáculo y el desarrollo de la trama consigue atraparlos y los espectadores   dan rienda suelta a sus emociones aplaudiendo delirantes cada cuadro.

Como existen en la sociedad sectores y opiniones contrapuestas el ambiente se va caldeando y se evidencia el disgusto de los más conservadores caballeros adscritos al poder metropolitano, aunque medie el silencio de la buena educación y la penumbra envuelve sus rostros.

Cuando termina la función los aplausos continuados obligan a los actores a reaparecer varias veces en el escenario; porque mañana será otro día, pero esta noche la disfrutan quienes sueñan la independencia de su tierra y alimentan la ilusión exaltando los valores locales.   Los ajenos a este sueño son los primeros en marcharse, marcando la distancia para que no se les confunda con los ya sobradamente conocidos para las autoridades: padres de jóvenes exiliados y viudas de ejecutados que van del brazo de sus hermanos arropadas por los más
fieles amigos de la familia.

Se cuece una guerra en esta ciudad proyectada sobre el mar como balcón inmenso. Brota el

litigio de los ánimos exaltados que se ocultan detrás de una falsa sonrisa y asombra coexistan con la sensualidad y el desenfado circundante.

Los mismos carruajes se repiten ante los portales del teatro y esta vez son las despedidas y las invitaciones para otros convites, alguna fiesta próxima a celebrarse o quizás una reunión conspirativa que se convoca a voces, arguyendo otros motivos para despistar a los delatores.

De regreso en casa llegan la manzanilla caliente que reconforta a la señora: Las tostadas y el ponche de leche con yemas de huevo batidas, canela y azúcar que hace las delicias de la señorita. El caldo de gallina escaldado para que recupere fuerzas el señor y el trozo de pollo cocido que se hizo reservar el señorito durante la cena.

"NOCHE BAJO LAS AGUAS".

**"Yo te amo ciudad
cuando la lluvia nace súbita en cabeza
amenazando disolverse el rostro luminoso".**

Gastón Baquero

En estas latitudes, las aguas que dan la vida incuban la muerte y el cólera morbo es el enemigo jurado que vuelve cada año a cobrarse su tributo en vidas humanas: personas de cualquier edad, sexo y condición que se aniquilan por contagio las unas a las otras con el ejercicio de la palabra, la caricia afectuosa y el acto carnal.

Nadie se percata de que la Parca Impía acecha oculta en los desperdicios amontonados en las callejas para emerger cuando las lluvias barren el pavimento y los arrastran a las depresiones. Es entonces que se desbordan los pozos y las ratas se alimentan de las heces que emergen a la luz desde lo más profundo.

Los cascos de los caballos chapotean en este caldo maloliente y se llevan a los establos dentro de las mansiones el sello de la muerte impreso en las herraduras. Los primeros en caer son los más débiles: ancianos y niños pequeños. Después llega el turno a los otros: convalecientes de algún mal o parturientas primerizas que abortan antes de morir.

Los sepultureros hacen zafra incluso a cuenta de sus propios familiares. Se venden esclavos baratos para enfrentar la situación.

Pero los sobrevivientes no se rinden y festejan, noche tras noche, la fiesta incomparable de continuar viviendo.

En las casas de extramuros los saraos se inician por costumbre con una danza del país que regala a los anfitriones una orquesta improvisada con los músicos que no trabajan esa noche para la aristocracia y aceptan complacidos la invitación de sus amigos, gente de su propia condición que alterna con hombres jóvenes de las familias de abolengo ansiosos por vivir de prisa las experiencias que le niegan los convencionalismos sociales y amenaza truncar el cólera.

Llegan los señoritos a la caza de las más bellas mulatas de la ciudad: mujeres libres y
accesibles de siempre enigmáticos orígenes, que han conseguido colocarse a partir de la nada,
a una altura social nada despreciable: porque se cuentan muchas entre las amantes de los poderosos y sus oportunas informaciones han salvado muchas vidas. Algunas son admiradas

por su singular belleza y otras, además de famosas por la riqueza que han conseguido atesorar, lo son por su altruismo y generosidad para con los desposeídos. Pero, entre todas, han creado la leyenda de la La Habana – Paraíso Terrenal, o antro de perdición, indistintamente.

Las canciones habaneras que cantan en los mesones del puerto los marineros desembarcados ahuyentan la tristeza; pero en sus letras sobrevive una cierta melancolía heredera de la morriña gallega y la nostalgia gaditana. Porque La Habana es Cádiz, pero también Sevilla y -¿Por qué no?- Santa Cruz de la Palma. Una ciudad portuaria que orienta sus balcones al mar y las persianas de sus ventanales mozárabes a los vientos que climatiza los patios interiores de los caserones, dotados con fuentes, aljibes y plantas tropicales.

Como el negocio del tabaco florece, de los almacenes emana un aroma que envuelve las calles y vuela sobre los tejados de las viviendas. También se almacenan cajas de azúcar, pero este tráfico aquí no es tan importante, porque habitualmente se realiza en los embarcaderos que en propiedad tienen los ingenios y en los últimos años han devenido vías de acceso a un comercio de rescate -a espaldas de las disposiciones reales- que se trae al país las más diversas novedades extranjeras, entre las cuales se cuentan: instrumentos y papeles de música, alambiques y textos científicos, culturales y políticos al parecer destinados a revolucionar el mundo.

La otra cara de la moneda la representan en esta sociedad dinámica y absorbente el juego y la prostitución, que hacen su agosto por cuenta de las tripulaciones de los buques atracados y fondeados en la bahía. Los tahúres proliferan detrás de las mesas de las timbas, siempre atentos a la lectura de los dados y las barajas, y entre los aficionados a las vallas de gallos y las riñas de perros. Las prostitutas suelen ser esclavas negras y mulatas que trabajan para sus muy respetables amos blancos o para una matrona liberta que se ha pagado su liberación con las propinas que algunas vez recibió de sus clientes.

Las noches en los tiempos del cólera podrían ser noches tristes, pero no lo eran y la vida en la ciudad continuaba su curso como si nada sucediera. A los muertos, que hasta entonces habían sido sepultados en la tierra sagrada de los templos, se les entierra ahora en un cementerio público, el primero en la Isla, debido a la iniciativa de un Obispo tan emprendedor como entusiasta del servicio público que donó los terrenos y despertó con ello la suspicacia de algún inquisidor fanatizado que percibió en aquel proyecto un indiscutible cariz masónico.

Un buen día sucede que dejaba de morir la gente y los enfermos en los hospitales evidencian síntomas de recuperación. Las aguas, que continuaban vertiendo sobre la tierra los cúmulos, a raudales, habían ya para entonces limpiado con tal efectividad la ciudad que las huestes del mal no encuentran caldo de cultivo y la enfermedad se marchaba por donde había llegado.

A partir de entonces las parroquias comenzaban a recuperar a sus feligreses y las actividades
colectivas se intensificaban. El teatro estrenaba comedia. La Sociedad Filarmónica invitaba a sus asociados a un gran baile. Y la alegría del pueblo llano desterraba la tristeza que la Muerte, con su inmenso poder, pretendió un mal día implantar.

Las noches de lluvia sin compromisos sociales confinan a las familias en sus casas. Ocasiones que dedican las damas a la lectura de novelas y los caballeros a sus partidas y análisis de ajedrez. Si hay un huésped, se le pide relate sus aventuras, que son siempre escuchadas con enorme interés; porque a estos inamovibles sedentarios les atiza una curiosidad insaciable por el mundo exterior y le apasionan las novedades de Europa y Norteamérica.

Por lo pronto ya por aquí circula el ferrocarril y sus redes viales se amplían cada día más. Los buques de vapor han relegado a un segundo plano a los veleros más rápidos y las fábricas de azúcar de nuevo diseño han situado en la picota el comercio de esclavos dando pie a un contrapunto de criterios que amenaza dar al traste con el establecimiento. Una de las razones
que convierte a los viajeros cultos en piezas codiciadas a las que nunca falta anfitrión entre los notables.

Otra distracción nocturna en boga lo son las sesiones de espiritismo kardeciano que se han disparado a pesar de su carácter clandestino y se justifican por los estragos entre la población que dejó detrás de si la epidemia. Habitualmente las dirige un experto y dedican un interés especial a conseguir la valiosa información que algunos muertos se llevaron a la tumba. Las noches de lluvia, frías y oscuras resultan el marco más apropiado para tan sugestiva actividad. Y los muertos suelen responder a las invocaciones con golpes y sonidos que atemorizan a las damas y ponen a prueba la sangre fría de los caballeros.

La Iglesia, por su parte, se manifiesta opuesta a estas manipulaciones basadas en textos incluidos en el Índice Vaticano de Libros Prohibidos y afirma desde el púlpito de las parroquias estar informada al dedillo y amenaza con anatemas y excomuniones; a todo lo cual hacen oídos sordos los respetables feligreses que de pie y de rodillas en el templo aparentan acatarlas. Porque también esto forma parte de la lucha ideológica que se libra en el silencio y enfrenta a la razón y la libertad de pensamiento con la fe, la tradición y los intereses creados.

La ley de la costumbre se cumple cuando cada noche, a las nueve, un cañonazo disparado desde los baluartes de la fortaleza de San Carlos de la Cabaña anuncia el cierre de las puertas de la muralla y el encadenamiento de la bocana de la bahía. A partir de ese momento y hasta el amanecer la ciudad se vuelve sobre si misma asumiendo un encierro al que las lluvias confieren un carácter tridimensional.

" LLOVER SOBRE MOJADO ".

**" ¡Sálvame Dios mío; porque tus aguas
han penetrado hasta mi alma ! "**

Salmo 69

Tiene la ciudad tres plazas y en torno a ellas han edificado sus
viviendas los aristócratas. La más antigua, la Plaza Vieja, es la
única de las tres que aún autoriza el comercio al detalle a las
mujeres negras, esclavas y libertas, en unos cuchitriles de llega y
pon adosados en línea recta. La rodean, entre otras mansiones de
ilustres personajes, el Palacio del Segundo Cabo, la iglesia-
convento de los jesuitas y la casona del Conde de Jaruco.

A la Plaza Vieja le sigue en orden de importancia la Plaza de la
Catedral, limitada por tres de sus cuatro lados por los palacetes del
Marqués de Aguas Claras, y   los condes de Arcos, Montalvo y
Casa Bayona. La catedral, de la que toma el nombre, remata el
último lado, el
Norte, con la fachada vuelta al Sur -¡Herejía monumental!- para no
pierda su buena imagen   el conjunto.

El Campo de Marte está considerado una plaza, aunque en realidad
sea un polígono que para ejercitarse tienen los soldados que sirven
en el castillo de la Fuerza Nueva. Pero, a la hora del crepúsculo, si
las lluvias dan tregua, se convierte en la prolongación del paseo
que hacen en calesa las niñas casaderas por la alameda,
despertando la codicia de los oficiales engalanados que guardan
con sus escuadras los portones del palacio del Capitán General.

Aunque difieren todos en orden arquitectónico y ornamentación exterior, los caserones de la nobleza son idénticos en sus estructuras y constan de dos plantas, una principal y otra superior. En la planta baja (la principal) viven y trabajan los esclavos, se almacenan los útiles domésticos y se guardan el coche y los caballos. En la superior está situado el gran salón, el comedor, la biblioteca y las habitaciones de la familia. Un patio cuadrado refresca con las sombras de sus arbustos, la atmósfera interior del edificio y el rumor de una fuente oportunamente ubicada en el mismísimo centro del solar, relaja los ánimos exaltados e incita a la siesta y al sueño profundo de las siempre frescas madrugadas del trópico.

El día para los señoritos comienza con el desayuno a mitad de la mañana, porque la Real Universidad de San Carlos abre las puertas de sus aulas una o dos horas más tarde. Pero como los sirvientes madrugan, la actividad en los solares y en los puntos vitales de la ciudad está en su poder a estas horas y son, esclavos y esclavas, los que dirigen y efectúan todas las

operaciones.

Los jóvenes blancos en camino a las aulas se infiltran con disimulo en esta multitud y saludan y afectuosamente pellizcan el culo a las bellas mulatas que van encontrando a su paso. La bulla es tremenda porque, a gritos, pregonan los vendedores sus productos; a voces conversan entre sí los esclavos y, con carcajadas, se premian las felices ocurrencias de algún negro curro despabilado.

Los almuerzos siguen a los desayunos y las cenas a los almuerzos, pausas inevitables en una actividad de torbellino que implica a la familia del magnate multiplicándose los ruidos y la agitación en el interior de la casona. Pronto quiere el señor que le preparen el coche. Ya está pidiendo a voces la señora atemperan las esclavas el agua de la tina que ordenó perfumar con hojas de veteriveria. Para el baño el jabón de Castilla y después la bata de seda chinesca y los zapatitos de medio tono, porque ya no los quiere y sólo va a emplearlos en andar por casa.

Al chino cocinero lo desbordan exigiendo mil platos diferentes; pero él ya está acostumbrado y distribuye entre los sirvientes las tareas. Así una negrita se ocupa en pelar papas, otra en seleccionar y cortar cebollas y otra en desplumar gallinas. De las ensaladas y las salsas deberá ocuparse un negrito bien parecido designado aprendiz de cocinero por el amo. Y del servicio en el salón las jóvenes y bellas esclavas encargadas de la limpieza de la casa, que no tienen nada que hacer a esas horas y echan una mano en la cocina. Y así pasa la tarde, pero es en las cenas cuando se desencadena la más sofisticada parafernalia, porque la temperatura ambiental durante la noche suele ser muy agradable y es, esta comida, a la que se invita a los viejos y nuevos amigos.

Al barroquismo de un pescado nadando en salsa roja se agrega la feliz policromía de una ensalada que aderezó el cocinero chino con pimienta y orégano, vinagre y un aceite de oliva virgen al que garantiza su pureza haber embarcado un buen día por el puerto de Cádiz. Las hábiles manos del asiático han transculturado los sabores y la suavidad al paladar de los frutos amerindios: aguacate, tomate y chayota, contrapuesta al escozor de los rábanos y el jengibre derivan hacia una neutralidad que acentúan la lechuga y la cebolla blanca. La carne roja asada se presenta cortada en rodajas y resulta suave y jugosa al masticarla. Los pollos
cocidos giran descuartizados en un caldo espeso en el que flotan hemisferios de papas y todo en la fuente honda del fricasé. En el arroz, si toca de grano largo, luce su desenvoltura el cocinero consiguiendo quede brillante y desgranado. A los postres llegan las rapaduras, las
natillas, el arroz con leche, los puros habanos para los caballeros. Y después se van todos al

salón para prolongar la tertulia de la sobremesa hasta el amanecer de un nuevo día que siempre llega con excitantes novedades.

Tiempos son de censura. Lo que no se dice en público se comenta en privado. Y lo que no se
plantea directamente se insinúa, impreso en temas aparentemente inofensivos. Pero el ojo avizor de las autoridades permanece alerta y el brazo ejecutor de la justicia actúa con severidad. Ya se han clausurado varias revistas por entrega y todos recuerdan la primera, al licenciado Castro, -con carácter cautelar, dijo el censor, sin referir la causa que determinó se
aplicara la tal medida-. Pero es bien sabido, porque aquellos números fueron leídos y después comentados y aquel texto -un fragmento- atribuido a Benjamín Franklin, titulado: La Moral del Ajedrez, que describía el desarrollo de una partida y la actuación individual de las figuras como fiel reflejo de la sociedad humana y sus contradicciones. Masonería pura y dura

pretende ganar terreno, algo que las instituciones coloniales no están dispuestas a tolerar.

La niña Matilde anda muy enfadada porque su institutriz inglesa se ha permitido amonestarla, advirtiéndola del cuidadoso tratamiento que debía dar a su imagen en los salones. Más que el requerimiento la molesta sentirse de alguna manera descubierta y sus ojos iracundos buscan un objetivo donde descargar su furor. Las esclavas que la atienden escapan a la desbandada y la pobre Cecilia, su hermana de leche, aguanta el chaparrón con la resignación de un cordero que espera le destripen en un altar de alabanzas al Dios Único y Verdadero.

-Que la muy bruja ya sabe lo nuestro -se repite interiormente-. Interrogándose sin hallar respuesta al procedimiento que empleó, la glacial sajona, para averiguarlo. ¿La ha traicionado una esclava? ¿Lo ha leído en sus ojos? ¿Lo advirtió en el teatro?

La tierra tiembla bajo sus plantas y ahora sólo teme que el cielo le caiga encima. Está aturdida y nerviosa, airada y confundida. Pero comprende tiene que suavizar sus ademanes, aparentar indiferencia, recuperar la calma y comportarse como si nada hubiera pasado, porque esta es la mejor manera de superar el incidente y alejar la amenaza que pende de un hilo: el convento de las clarisas, donde ya han sido enclaustradas, a regañadientes, varias de sus amigas.

La alta clase criolla tiene mucho dinero, paga muy bien la defensa de sus intereses en la Corte
-a la que le está negado el acceso- y pretende influir en la política metropolitana implicando a sus protagonistas. Un destino en La Habana se ha convertido objetivo seductor para los generales que giran alrededor de la Reina y algo más para sus jóvenes subalternos, atentos siempre a la posibilidad de un acertado matrimonio que uniría a la influencia política el poder financiero. Las chicas habaneras de la nobleza se han visto así convertidas en piezas de intercambio y los padres ambiciosos las custodian, como si de tesoros vivientes se tratara, de
los ladrones sin un cuarto y mucha presencia que pululan en las salas de baile y los teatros.

Para disuadir a las niñas de un paso mal dado, conseguir se mantengan obedientes y acaten las decisiones paternas sin complicar las cosas, una sociedad anónima ha patrocinado un convento que adjudicó el obispado a la Orden de Santa Clara. Así han establecido los padres
los límites que exigen la honorabilidad de las familias, y las alternativas para las chicas se reducen a un novio a la altura de las circunstancias o el claustro del convento.

Pero son muy jóvenes estas mujeres a las que se les pretende organizar la vida desde la cuna hasta el camposanto. Y educadas

en la abundancia, cuesta poner freno a sus impulsos. Sus corazones laten de prisa y la sangre arde en sus venas y arterias, equilibrando la temperatura
corporal con la del ambiente exterior. No basta la frialdad de los aguaceros para

atemperarlas y, mucho menos, se puede influir con amenazas para que desistan de sus propósitos.

" EL AGUA DE LA FUENTE ".

"Nadie puede decir
cual es el cuerpo de mi amada
cuando baja a bañarse sola
por la mañana
y hace un aire claro
y está llena de lirios el agua...."

Enrique Loynaz

En su segundo y último asentamiento en el territorio indígena del que tomó el nombre, la ciudad quedó insertada como una cuña entre las riberas de un río caudaloso y una bahía de bolsa. Así que no faltaba el agua dulce y le sobraba para producir sal, por lo que muy pronto el fructífero negocio de la ganadería en la sabana virgen derivó al de las salazones y las pieles, primero curtidas y después manufacturadas, que consiguió su mejor momento cuando la inseguridad del comercio marítimo dio lugar al sistema de flotas proporcionando estabilidad a un mercado con un ritmo sostenido de crecimiento.

Cuando, con el transcurso del tiempo, la población de la ciudad se multiplicó y el área urbanizada absorbió las últimas fincas rurales de la demarcación, se hizo imprescindible acercar el agua dulce a las nuevas barriadas que habían sido edificadas alejadas del río y adquirió importancia un proyecto para un arroyo artificial cuyo curso seguiría el interesado que sus constructores idearon tomando en cuenta las necesidades de la población. Hecha una realidad, la

Zanja Real alimentaba fuentes y nutría aljibes y cisternas. El pueblo llano tomaba de su cauce agua limpia en sus botijos y, en puntos señalados, abrevaban sus caballos los jinetes.

Fue a partir de entonces que adquirieron mucho valor los terrenos anejos a la otra orilla del río, invadidos desde siempre por una rica vegetación de selva impenetrable que se había conservado intacta como barrera natural a los ataques enemigos . El esquema defensivo de la ciudad -después del desagradable incidente del siglo pasado- se había perfeccionado hasta el punto de hacerla inexpugnable. Esto era un argumento a favor de la explotación de la zona y muy pronto se iniciaron los trabajos que hicieron desaparecer la selva y descubriendo una llanura fértil y unos cerros de basalto, roca idónea para ser empleada en la ampliación del puerto y la restauración del arsenal.

Con su nuevo diseño, el puerto quedó dividido y, desde el Muelle de Caballería hasta lo más profundo de la ensenada, el fondeadero continuó siendo utilizado por los patrones que atracaban y fondeaban las goletas que habitualmente faenaban en el Golfo la corrida del pargo, la cherna y el mero. Pero desde ese mismo muelle, a partir de una línea imaginaria que refería en el litoral el campanario de la iglesia-fortaleza de San Francisco de Paula, el puerto pertenecía ahora a la Armada que fondeaba y retiraba de sus posicionamientos a los navíos y cañoneras que arribaban por el Canal Viejo de la Bajamar y zarpaban proa al Nuevo y en dirección a la península.

Los avances tecnológicos y el desarrollo de la propulsión a vapor imponían estas exigencias y la modernización del puerto impuso la de la ciudad que se atuvo a estos requerimientos; pero las costumbres habían terminado leyes y la ciudadanía hacía de las novedades motivos para nuevos divertimientos. Con la llegada del ferrocarril, se pusieron de moda las excursiones de fin de semana a la Vuelta Abajo y la nobleza competía reservándose los coches de aquel novedoso artilugio importado de Norteamérica, que permitía a las damas, saltándose el encierro en sus domicilios, respirar aire fresco sin violentar las buenas costumbres.

Al joven don Fernando le inflamaban dos pasiones, la una: su tierra, en la frustración de sus ideales políticos por los imperativos de mezquinos intereses mercantilistas y la otra, su amada, a la que idealizaba hasta un punto sin retorno. En la plantación propiedad de la familia aprendió desde niño el amor y el cuidado de los animales y se aficionó al riachuelo que con sus meandros grababa en el potreros una silueta de serpiente, oculta detrás de una doble cortina de arbustos y palmeras. Los trajines de la caza y la pesca le excitaban, aún cuando sus incidentes le fueran negados a sus ojos de inofensivo espectador, porque le hacían feliz los cazadores cuando le mostraban sus presas y le obsequiaban con algún asustado animalucho del monte.

En la ciudad, en cambio, aprendió a conocer a las personas y a captar en sus gestos sus emociones: la hostil iracundia y la sonrisa amable. De los esclavos sus mitos y sus dioses, envueltos siempre en un halo de misterio. Y del chino cocinero una gimnasia en la que solía participar de madrugada, a escondidas de sus padres dormilones. Su sexualidad la despertó una esclava y, en breve, los juegos amorosos lo enviciaron. Pero su sensibilidad de estudiante aplicado le fijaba otras metas y el descubrimiento de Matilde le dejó trastornado. Comenzó a sentirse diferente y no hallaba explicaciones al sucedido. Ella le quedaba muy lejos, hierática, inaccesible, orgullosa, sonreía y le hacía feliz.

Las festividades del santoral no habían tenido hasta entonces mucha importancia para él, porque acostumbraba emplear ese tiempo libre repasando las lecciones del Seminario y leyendo algún texto de moda. Una nueva filosofía ganaba terreno en las aulas y

un pequeño grupo de profesores se implicaba en ello. De la Corte llegaban y se aplicaban nuevos decretos
y se abrían nuevos puertos al comercio. Los virreinatos se habían desintegrado en la Tierra Firme, llevándose con ellos las glorias de un Imperio demolido desde los cimientos por la
pertinaz acción de sus implacables enemigos: inglés, francés, masón, y una nueva geopolítica
se configuraba en el Mar Caribe. Las noticias iban y venían. En la península se conspiraba a la vista de todo el mundo y no podían permitirse las autoridades consideraciones especiales
con los disidentes. Varios pronunciamientos habían fracasado y probablemente algunos más se estuvieran gestando... Las cosas iban de mal a peor -consideraba, abrumado por las

preocupaciones acerca de lo que podía suceder. Pero bastaba diera un giro a su
pensamiento y atrajera la imagen de Matilde a su mente para que, de súbito, atolondrado y confundido, se desplazará a esa otra realidad que es la poesía que nace del amor.

Los presentó una tarde un amigo común en una heladera de la calle del Obispo, famosa por la calidad de sus horchatas y sorbetes. Estaba acompañada Matilde por su institutriz y el diálogo se inició en inglés, antes de pasar al castizo castellano del que hacían alarde los patricios criollos. La Inglesa apreció complacida el detalle de aquellos señoritos y Matilde, amiga de la hermana de aquel amigo, se mostró encantada expresándose con la elegancia y mesura que le inculcaba su maestra. Aquel encuentro fortuito adquirió muy pronto, para Fernando, el valor de un acontecimiento. Matilde aprobó, esta vez, su examen de comportamiento social.

Una semana más tarde coincidieron ambos en una verbena de la Sociedad Filarmónica dedicada a San Pascual Baylon. Después de saludarla, Fernando pidió a Matilde la merced de un baile y la chica, sonriendo, lo anotó en su carnet. La tercera danza fue "Los

Tres Golpes", una composición de Ignacio Cervantes, recientemente condenado al destierro por los tribunales de justicia. Una particularidad que, evidentemente, motivó a los bailadores, que extremaron un cuidadoso tratamiento a las figuras, y a los músicos mulatos, que sacaron de sus instrumentos el sabor de Cuba, homenaje de la orquesta al célebre compositor.

Al final de la danza llegaron los aplausos y se produjo una pausa que permitió a los dos jóvenes solazarse a gusto sin la intervención de terceros. Así fue como se multiplicó aquella atracción correspondida que superaba los límites de la simple simpatía. Quedaron amigos y proyectaron nuevos encuentros: en la iglesia, en el café, en el teatro, en la alameda...

La estación de las lluvias llegaba a su final y los temporales se hacían más esporádicos e intensos, anticipando huracanes. El resto del tiempo una lluvia fina suavizaba el contorno de los edificios y como capa de barniz apagaba la brillantez de los colores en el paisaje urbano.

La lluvia planteaba siempre dificultades insalvables a los encuentros personales; pero daba cobertura a los arrebatos románticos en el silencio de los claustros y en la intimidad de las habitaciones. Lágrimas y poesía solían brotar espontáneamente, y la penumbra húmeda invitaba al recogimiento y a la meditación sosegada propias de la catarsis.

Matilde experimentaba sensaciones nuevas: temblaba de emoción ante la belleza de una flor y apenas podía controlar el llanto después de escuchar los melodiosos arpegios de una guitarra lejana. Se sentía presa de intensas vibraciones. La energía positiva la imantaba y sus reacciones anímicas eran impredecibles. A los lloriqueos infundados seguían las risas y la
carcajada. De igual manera, se levantaba del lecho ensimismada y se iba animando con el

paso de las horas hasta recuperar el buen humor y la locuacidad. Una negra vieja que servía en la cocina interpretó esta realidad y lo manifestó abiertamente: "la Niña era ya una mujer y como tal tenía que comportarse".

Su esclava predilecta sabía hacer en cada momento lo preciso y corría encapotada y descalza bajo la lluvia por las calles del barrio al encuentro de la noticia y su portador, el mulatico pinche en la casa del Conde. Sin decir una palabra, rozándola al pasar, el chiquillo le

entregaba a la descuidada una cajita de laca cuando no un frasquito de porcelana china. La mulata continuaba su rumbo, se detenía en algún comercio, adquiría cualquier cosa y desandaba el camino apresurada y ansiosa por entregar a su ama el objeto que le enviaba aquel señor.

¡Madre mía de mi alma! -estallaba la Niña, arrebatada después de haber leído aquella nota-. El próximo jueves es la fiesta de los O'farrill y no me fío de ese Pierre que me ha convencido encargue aquel vestido que solamente he visto dibujado en un papel. ¡Cecilia! ¡Cecilia! Tendrás que acercarte mañana al taller de confecciones para exigir, en mi nombre, al Francés, lo tenga listo cuanto antes. Porque allí estará mi caballero andante y yo, una vez más, seré su dama. Bailaremos... Conversaremos... Cantaremos... Y si lo permiten las circunstancias nos besaremos, aprovechando la penumbra, en un balcón.

Ama y esclava se miran e intercambian una sonrisa pícara, situadas ambas en un plano que en exclusividad les pertenece, más que confidencial, fraterno. Muy lejos está la Inglesa de esta solapada conspiración, urdida por personas aparentemente diferentes, algo tan ajeno a sus presupuestos mentales y a su puritanismo intransigente. Nunca hubiera tolerado ama y esclava se tutearan en privado con semejante desparpajo. Tal comportamiento, a sus ojos, hubiera representado una abominación. Pero tal impiedad queda lejos al alma criolla que sólo acepta imposiciones para después modificarlas.

SEGUNDA PARTE

" LA SEQUÍA ".

" DÍAS DE SOL Y SOMBRA ".

"El alma emana,
igual de eterna,
de los cuerpos diversos".

José Martí

La víspera de San Juan, anticipándose al fuego de las hogueras, una ola de calor envolvió la ciudad encerrando a sus habitantes en las penumbras de unas habitaciones en las que pretendían, detrás de puertas y ventanas atrancadas herméticamente, conservar alguna humedad para alivio de aquel sufrimiento.

Aquella mañana, en todas las casonas se había ordenado a las esclavas baldear los pisos y, a los cocheros, bañar a los caballos. Algo que ya hacían los pajaritos en las fuentes de los jardines y los perros callejeros en la Zanja Real.

Por insoportable, el calor imposibilitaba el habitual mercadillo en la Plaza Vieja y, la Universidad, suspendió las clases ante la ausencia más que justificado de los alumnos, cuando vestir chupa y lucir corbata equivalía aun suicidio.

La sequedad llegaba acompañada de los tormentos de una sed que sólo podían aliviar los seres humanos degustando las aguas filtradas y frescas de unos tinajeros que en todas las casas se apreciaban en su justo valor. Excluido el vino, horchatas y sangrías ocupaban su lugar en los almuerzos y las cenas de arroz, frutas, vegetales y mariscos.

Cuando se ocultó el sol y sopló el terral las prendas de lino abandonaron los armarios para ser lucidas en los salones por los caballeros y las sedas de Mosul materializaron confecciones preciosistas que exhibieron con garbo las damas en cenas y banquetes. Durante la noche siempre descendían las temperaturas y no fue esta noche excepcional en ese sentido, pero la dureza del día transcurrido se reflejaba en los semblantes y en las actitudes de todas las personas.

Agotadas de insomnio, las niñas casaderas y las mujeres mayores disimulaban las ojeras
aplicando cascarilla al inoportuno rostro del desvelo, mientras los caballeros superaban esta vigilia impuesta por la naturaleza del trópico chupando gruesos habanos y bebiendo azucaradas tazas de café.

El golpe de calor dejaba fuera de lugar los bailes y las visitas. Un huésped ocasional adquiría, en cambio, la categoría de un lujo. Y las notas musicales arrancadas al piano por unas manos inexpertas la de apreciado regalo al fanatismo paternal.

La frescura de la madrugada facilitaría las cosas y muchos hombrees y mujeres, vestidos y calzados, podían disfrutar entonces de un rato gratificante en hamacas y mecedoras. Después desayunaban, anticipándose al amanecer con su carga de angustias y desasosiego para, a continuación, buscar refugio en la obscuridad de las habitaciones.

Los recaderos se traían de regreso noticias de incendios en las plantaciones de los vecinos, cañaverales centenarios perdidos e ingenios paralizados, de golpe, por la falta de caña. A los caserones circundantes, espiados por las rendijas de las ventanas, se les veía llegar a los encargados con cara de circunstancias y notorias prisas por desandar lo andado. A veces acompañados de los tenedores de libros y siempre por esclavos que les asistían y se ocupaban de las cabalgaduras.

Las pérdidas de algunos representaban pingües ganancias para otros. Cubrir las exigencias del mercado con cajas de azúcar, labor titánica, no toleraba incumplimientos. Los beneficios de este comercio con las antiguas colonias inglesas, ahora constituidas nación independiente, se apreciaban de día y se disfrutaban de noche.

Artilugios novedosos reducían la mano de obra esclava en las fábricas de azúcar. Un sinfín de lujos sofisticaba la vida doméstica. El enriquecimiento de muchos atraía visitantes ilustres y detrás de ellos, espectáculos de fama mundial.

Un buen día sorprendía a todos El Turco, un curioso autómata que jugaba ajedrez a un nivel magistral y deslumbraba a los entendidos en aquel juego. Otro día, un aerostato, fabricado en Regla, sobrevolaba la ciudad y desaparecía para siempre. Compañías teatrales, sopranos y tenores, músicos prominentes, hombres de arte y de ciencia, llegaban con la misma frecuencia que salían los autóctonos de la ciudad. Porque de tanto recibir cultura, se producía y se exportaba cultura.

Superando las limitaciones de los gremios que recibieron en propiedad de las autoridades, entre los negros y mulatos libres aparecían poetas, escritores, músicos y plásticos capacitados para producir obras de la más alta calidad. Un florecimiento de la inteligencia que, lejos de satisfacer preocupó a las autoridades, siempre predispuestas contra todo lo que pudiera representar una amenaza al orden establecido.

Pero cierto era que la negrada liberta se había enriquecido a expensas de la bonanza económica que caracterizaba la vida en la Isla y había que tener cuidado, nunca bajar la guardia, porque desde tres de los cuatro puntos cardinales se incitaba a los criollos a la sublevación.

Dos conspiraciones desarticuladas y un número no determinado de sospechosos detenidos advertían acerca del curso que estaban tomando las cosas. La primera, de negros, fue

reprimida con inaudita ferocidad y, la segunda, asentada en dos ciudades con hombres blancos, de alcurnia, implicados, dio lugar a destierros y confiscaciones que incrementaron la crispación y agudizaron las contradicciones entre la alta clase criolla y el gobierno colonial español.

Enferma de amores la niña Matilde escuchaba, desde la prudencial distancia de su disimulado sitio en el salón, los comentarios que escapaban por la puerta entreabierta de la biblioteca donde su padre y sus amigos solían reunirse para jugar sus partidas de ajedrez, fumar y beber café.

Estaba conmocionada la sociedad por una tragedia. La de un pequeño grupo de estudiantes de medicina que, detenidos en el cementerio, fueron acusados de profanar la tumba de un ilustre personaje. Declarados culpables, se efectuó un infame sorteo que eligió, al azar, a los que silenciaron con sus vidas el clamor de la muchedumbre. A partir de entonces, el Colegio de San Carlos quedó marcado como nido de víboras y allí estudiaba Fernando.

Igual que todos, Matilde estaba enterada y, por eso mismo, afinaba el oído tratando de escuchar la conversación de sus mayores.

-¡Al Rey! -se escuchó.

Pero estaba claro, las posiciones que se sucedían sobre el tablero escaqueado con el movimiento alternativo de las figuras no conseguía acaparar la atención de los allí reunidos. Una conversación en paralelo se desarrollaba sin interrupción.

-Los abusos de autoridad nos conducen irremediablemente al conflicto -sentenció un caballero de unos cincuenta años de edad, rostro franco, calva incipiente y barba cultivada-.

-Alguna vez, en el Cabildo, se han manifestado al respecto -coincidía con él un joven lampiño que sólo podía presumir un finísimo bigote.

Conversaban ambos de pie, algo alejados de los jugadores, a los que no deseaban molestar.

-Tengo además noticias de otro lamentable incidente -susurró el mayor-.

-Supongo se refiere Usted al duelo -completó el joven-.

-Así es.

-Creo que el joven de Puerto Príncipe hizo bien marchándose de la ciudad.

-Pero no olvide Usted que por aquellos lares las cosas andan también un poco torcidas...

En aquel momento el jugador que empleaba las piezas blancas anunció: ¡Jaque Mate!, y el joven y el señor mayor dejaron de hablar y se acercaron al tablero.

El que habló entonces se expresaba en castellano con un fuerte acento francés, porque era un
criollo de la Nueva Orleans. Demostró lo que afirmaba moviendo las piezas propias y las de

su adversario con una habilidad asombrosa. El perdedor le premio con un estrechón de manos y una sonrisa amistosa y levantó la vista para mirar significativamente a los ojos a los otros contertulios.

-Monsieur Alonzo es invencible -declaró convincentemente el anfitrión-.

Su adversario sonrió complacido y remató su actuación sobre el tablero con una exhaustiva explicación de lo ocurrido: -El último error de Su Ilustrísima ha sido colocar el caballo en el quinto escaque de la torre. Esa columna es fatídica para los caballos.

Ascendió entonces por la escalera el tintineo de la campanilla que utilizaba el mayordomo para avisar de las comidas y Matilde escapó, tirando por el corredor, a sus habitaciones. Entró y cerró la puerta tras de sí, se dejó caer a un butacón y un profundo suspiro de alivio escapó de su pecho; porque no había escuchado nada que añadiera algo a lo que ya sabía.

" HIJA DEL SOL, LA TEMPESTAD ".

"¿Dónde está España? ".

Larra

El incontenible ascenso de la temperatura terminó por hacer estallar la tormenta, que se anunció con muchos truenos y relámpagos. De repente, una reconfortante frescura, inducida por cúmulos grises lo impregna todo y comienza a llover. Y esta lluvia fuera de temporada, acompañada por fuertes ráfagas de viento, anticipa la próxima llegada del huracán. Una eventualidad asumida cada año, inevitable.

Se ordenó a los esclavos clavetear crucetas de madera detrás de las ventanas y a las esclavas del servicio poner a buen recaudo las piezas de porcelana y las obras de arte que decoran las paredes en los salones y las habitaciones. Al mayordomo evaluar las reservas de provisiones y completar lo que falta, incluyendo alimentos para los animales domésticos y carbón vegetal y aceite de ballena para alimentar lámparas y fogones cuando la intensidad de las lluvias y el peligro de los relámpagos impida, a los criados, salir a la calle.

Como no se puede esperar noticias de las plantaciones, la buena o mala fortuna de los propietarios se queda sujeta a la lotería del impredecible comportamiento futuro de la tormenta. Si se desmadran los ríos como suele suceder y el ganado no ha sido retirado a tiempo a lugar seguro, se pierden muchas cabezas. Y si los campos de caña de azúcar no están limpios para entonces de hierbas parásitas pueden transformarse en pantanos, arruinando un cultivo que normalmente requiere un período de sequía que concentre el azúcar en los tallos de las plantas.

Aunque la competencia de los mayorales era reconocida, nadie, entre los hacendados, puede evitar preocupaciones al respecto, porque los errores humanos en estas circunstancias se pagan muy caro. Las incontroladas fuerzas de los huracanes ya habían sido objeto de culto entre los primeros pobladores de la Isla, y son ahora los esclavos quienes atribuyen su potencial destructivo a la furia de Changó Orisha, una deidad africana dueña del relámpago y el trueno. Pero cuando se anunciaban las primeras destrucciones de casas y monumentos, eran las damas blancas las que se aventuraban bajo la lluvia hasta las iglesias para ofrecer cirios y asumir promesas a santos y vírgenes de su devoción.

Las veladas de huracán hacían las familias encerradas en sus casonas como si del velatorio de

un difunto se tratara, barajando naipes y degustando tazas de chocolate y churros que ayudaban a combatir con calorías los perniciosos efectos de la intensa humedad impregnada en el ambiente, que agudizaba los achaques de los ancianos y los enfermos. Reuma y lumbago combinaban de mala manera con los resfriados en los mayores y los catarros que hacían presa de los niños desesperando a sus progenitores.

Los remedios que por entonces se empleaban, avalados por la tradición, estaban siempre al alcance de la mano porque cada familia poseía su propio almacén de fármacos y se preocupaba por enriquecer la colección. Cocimientos de caña santa y aplicaciones de hojas de sábila eran habitualmente empleados en el tratamiento de estas enfermedades y las fricciones con sebo de cordero derretido al fuego aliviaban los dolores en las articulaciones. Para los malestares gástricos se empleaba la manzanilla y para los

25

empachos derivados de los hartazgos: "pasaba la mano" por el vientre del enfermo una curandera utilizando aceite de oliva como bálsamo.

Las noches de huracán no se celebraban misas espirituales temiendo abrir puertas peligrosas en aquellas circunstancias, cuando el Diablo andaba suelto, según el decir de los esclavos. Así que se imponía curar los cuerpos y esperar por una oportunidad mejor para limpiar los halos, limitándose las damas a rezar un rosario enriquecido con oraciones a la Virgen de la Caridad del Cobre, muy valorada en el país desde que se presentó en alta mar a tres pescadores: Juan el blanco, Juan el negro y Juan el mulato, salvándoles de morir ahogados en una tormenta.

En el puerto, el huracán dificultaba las labores cotidianas y representaba una amenaza para las embarcaciones y por eso se optaba por despejar los fondeaderos para abarloar los buques a partir del firme en un buen muelle, con los aparejos arriados y las cubiertas arranchadas.

Si un barco estaba cargando o descargando, terminar de hacerlo a la mayor brevedad se convertía en una tarea titánica que la marinería asumía bien provista de ron y tabaco. Estaban muy bien conservadas en la memoria imágenes de los destrozos que huracanes anteriores habían producido, detallándose en las conversaciones uno, entre todos, que envió al fondo trescientos barcos refugiados en la bahía, después de desarbolar sus cubiertas y anegar sus bodegas con formidables ráfagas de viento y torrencial aguacero.

De huracanes enfrentados en alta mar hablaban los marineros en los mesones, jarra de vino en mano y tabla de queso a la mesa. Un tema que, para la ocasión, relegaba el anecdotario de las batallas - navales y eróticas- de igual manera cargadas de virilidad y hombría. Eran por lo general historias de naufragios y tesoros enterrados en las playas de islotes ignorados en las cartas de marear, florecidos de manglares y solamente poblados de aves acuáticas, cangrejos y mosquitos que se alternaban con las horas, el estado del tiempo y la estación.

Los nombres que se citaban, siempre los mismos, despertaban la admiración de los grumetes y asustaban a las mujeres cuando eran pronunciados en las tabernas: Henry Morgan, Nau el Olonés, Diego el Mulato... Uno más que otro ladino o más cruel. Una peste de los mares que infectó las posesiones españolas a lo largo de tres siglos. Recuerdos de un pasado cercano que conservaba toda su vitalidad en la memoria de una comunidad sedentaria que se vanagloriaba de sus pasadas victorias; porque "la Siempre Fidelísima Ciudad de La Habana", ajena a los

independentismos triunfantes en el continente después de la ocupación napoleónica de la península, se mantendría en su sitio para siempre jamás. Y ésta, al menos, continuaba siendo la disposición del estamento conservador, vinculado a la nobleza de sangre y beneficiario de la realeza. Si rivales tenía este enfoque político había que ir a buscarlos entre los negros y mulatos libertos influidos por la leyenda haitiana y entre los jóvenes blancos de una burguesía enriquecida con la especulación comercial.

Cuando remitió la tormenta y volvió la calma, los funcionarios del Cabildo recorrieron las calles para evaluar los daños y calcular el coste de las reparaciones que iban a comenzar de inmediato. Por los cuatro puntos cardinales comenzaron a llegar a la ciudad jinetes y carruajes trayéndose consigo, además de los productos que restablecían la fluidez del comercio, noticias de lo acontecido en el campo durante aquellos días de aislamiento e incomunicación.

Las pérdidas, esta vez, no habían significado la ruina para nadie, pero más que los destructivos efectos de la tormenta causaba preocupación el incremento de las tensiones sociales y, siguiendo el hilo, los nombres de los últimos ejecutados en la alejada ciudad de Puerto Príncipe estaban presentes en la diaria murmuración del populacho.

Se percibió, de repente, que muchos hombres jóvenes de buena familia, aprovechando el desajuste de la cotidianidad que provocó la tormenta habían desaparecido sin dejar rastro arguyendo viajes de supervisión y control de las cosechas en las alejadas plantaciones.

Los más suspicaces entre los vecinos presumían destierros asumidos voluntariamente como había sido hasta entonces la costumbre, porque muy lejos de toda sospecha quedaba la posibilidad de una sublevación. Pero no iba a tardar mucho tiempo en llegar un Aviso informando de la caída de la monarquía, del exilio de la Reina en Francia y de la vuelta al poder de una Junta Revolucionaria que hacía llegar por esa vía, al Capitán General, sus disposiciones y decretos para la Isla. Algo que el Capitán General declaró inaceptable, pero no así los hacendados criollos de la región oriental de la Isla, que alzados en armas proclamaron la independencia.

" NOCHES FRÍAS Y RESECAS".

**"Nadie es más esclavo que
el que se tiene por libre, sin serlo".**

Goethe

De un día para otro, en las sobremesas y en las tertulias de las familias que acusaban la ausencia de sus hombres jóvenes, ciertos temas quedaron fuera de lugar, reducidos a la hermética privacidad de las alcobas paternas.

Los temores no eran infundados. En una comunidad en la que todos se conocían y no faltaban los delatores un resentimiento bien disimulado podía aflorar de repente para llevar la desgracia a una determinada persona. De nada valían en estos casos los bienes acumulados después de muchos años de trabajo y operaciones comerciales afortunadas, si no estaban avalados por la fidelidad a la Corona de su poseedor.

En la lejana metrópoli las luchas entre la autocracia y el liberalismo habían promocionado la heterodoxia, el libre pensamiento y el anti-clericalismo. El antiguo régimen, después de sortear con éxito las más diversas situaciones -incluida la guerra civil- acababa de caer con carácter definitivo y las noticias que llegaban a la Isla incitaban a sus pobladores a la desobediencia. Una circunstancia agravada por el hecho de que, la Capitanía General, se negaba a acatar las disposiciones del nuevo gobierno, insistiendo en su fidelidad a una Corona que ya no existía. Saltaban chispas del pedernal y se enrarecían las relaciones entre las familias más influyentes.

Dos días después de haberse constituido el nuevo gobierno en la capital del Reino, el 10 de octubre de aquel año, llegó a la ciudad la noticia de un levantamiento en el extremo oriental de la Isla que parecía explicar, por cuales motivos, el camino real hacia la Vuelta Arriba y en los atajos que abreviaban algunos tramos de aquel trayecto pululaban jinetes y romeros que evitaban así los controles en los embarcaderos donde las goletas ofrecían viajes de ida y vuelta hacia aquella región. Aparentemente, acudían a nutrir las filas de la insurrección o a buscar allí la seguridad para sus vidas amenazadas por la reacción monárquica: hombres blancos y pardos libres que viajaban de día y esclavos africanos y chinos escapados de las plantaciones que hacían el camino de noche, preocupados por su seguridad.

En unas pocas semanas los progresos de los sublevados habían extendido el conflicto hasta el

centro de la Isla facilitando a los nuevos voluntarios que acudían a sus predios contactar con sus avanzadillas. Porque los alzados vivaqueaban en el corazón de la selva y sólo utilizaban
los caminos para operar, golpeando por sorpresa a las formaciones de tropas aún fieles a la Reina destronada y a las partidas de bandoleros que, en medio de la confusión general, se atrevían a atacar los caseríos que servían de refugio a las mujeres, niños, heridos y enfermos de los pueblos incendiados. Después de unas pocas batallas a las que se refería la prensa habanera cual si fueran sucedidos en otro planeta (así de alejados se sentían en la ciudad del medio rural) la guerra parecía estabilizada con los pueblos en poder del gobierno y los campos en manos de los sublevados.

El billete llegó a sus manos a la media tarde y Matilde, después de leerlo, lo aproximó a la llama de una vela retenido entre sus dedos hasta verlo consumido por el fuego. Después arrojó las cenizas por una ventana y se volvió a la esclava que lo había observado todo a una respetuosa distancia.

-Nos marchamos en dos días -dijo Matilde, con inusual firmeza-.

La mulata abrió desmesuradamente los ojos evidenciando sorpresa.

-Y eso, -continuó, dirigiendo una mirada penetrante al rostro de su criada-, nadie tiene que saberlo.

La esclava hizo entonces un ademán para indicarle que debía marcharse porque se estaba sirviendo el almuerzo. Una buena excusa para esconder su sobresalto, pues todo lo que la pobre muchacha negra conocía acerca de aquella relación sentimental desarrollada en el más absoluto secreto, no alcanzaba a explicarle lo que estaba por suceder.

Intuyó, no obstante, el peligro que gravitaba alrededor de su ama. Si las sorprendían, el castigo la alcanzaría a ella también y esta posibilidad la aterrorizaba.

Ya en la cocina, a duras penas consiguió controlar sus nervios y comportarse ante los demás con la naturalidad habitual. Hizo a continuación su trabajo. No derramó el vino al servirlo ni manchó la camisa al caballero, consiguió además el equilibrio necesario para transportar las bandejas de carne y ensalada y supo sonreír cuando le dirigieron la palabra.

Muy pronto estuvo Matilde sentada en su sitio ante la mesa, comportándose como si nada le afectara. La procesión iba por dentro. Y aún debía esperar transcurriera todo un día, -¡Un día!- cuando el tiempo parecía detenido ante su impaciencia. Pero así lo había acordado con su amado cuando éste le comunicó su decisión.

Un día era todo el tiempo del cual disponía para escoger los objetos y las ropas que llevaría consigo. Nada más que lo imprescindible, nada menos de lo necesario. El viaje no permitía excesos en su calidad de fuga y por tratarse de una carreta tirada por bueyes el medio de transporte que debía abordar, en horas de la madrugada, a su paso por la Calle Real, caracterizada como sirvienta en cumplimiento de un encargo. El carretero lo iba a ser un esclavo chino del joven don Fernando y el destino de aquel corto viaje la puerta de
Jesús del Monte, donde les estaría esperando un carruaje de caballos y un grupo de jinetes

que le daría escolta.

Aquel camino polvoriento, calado en los vados de los arroyos y en las depresiones del terreno por las ruedas de las lentas y pesadas carretas y las patas herradas de los animales de tiro,
rodeaba la bahía y se internaba, superados los límites del caserío fronterizo, en las fincas de la aneja región de Canasí, rica en palmares silvestres, ríos caudalosos y valles profundos poblados y labrados por vegueros del tabaco. Si de día, la espectacular belleza que ofrecía el paisaje impresionaba a los viajeros y el canto de los pájaros en concierto alegraba las almas, de noche, la ausencia de la luz del Sol daba lugar a otro, que no cedía en encantos al anterior.

Acamparon al anochecer en una finca apartada apenas una legua del camino, instalándose las mujeres en el bohío de un matrimonio campesino que les cedió, de buen grado, una de sus dos habitaciones. Los jinetes de la escolta y los criados hicieron campamento al aire libre, después de liberar a los caballos de sus arreos y encerrarlos en un espacioso corral dotado de abrevadero y forrajes. La cena -para ellos- estuvo reducida a pan y queso y un botijo de vino circuló de mano en mano hasta quedar vacío. Después cada cual se acomodó como mejor podía, designando, el que mandaba, a los tres hombres que debían velar esa noche por la seguridad del lugar.

La mujer del campesino explicó a Matilde ellos eran arrendatarios de la familia del marqués y habían sido advertidos de su llegada al lugar. Así que tenía preparada la habitación y el baño: una batea de madera en la que una negra que tenía a su servicio vertió un balde de agua caliente y otros tres de agua fría.

Matilde agradeció aquellas atenciones y ordenó a Cecilia organizara sus cosas. Entonces la campesina le pidió la llamara cuando así lo deseara para prepararle la cena y, respetuosamente, se marchó cerrando detrás de sí la puerta.

Cuando quedaron solas, Matilde pidió a Cecilia la ayudara a desvestirse y muy decidida se metió en la batea. La mulata, entonces, arrojó a sus espaldas un jarro de agua tibia y le fricciona sobre los omóplatos y sobre la cintura con ambas manos. Junto a la batea estaba colocado un pequeño barril de madera que contenía más agua y eso permitió a Cecilia enjabonarse sin temor a posteriores dificultades para liberarla de la espuma.

Después de aquel baño tan extraño a sus costumbres, Matilde consiguió controlar la inestabilidad emocional producto de la excitación. Marcada por sus actos, se limitaba a seguir el hilo que la conduciría hasta el hombre que para sí había elegido, como pluma a merced del viento. No quiso cenar esa noche y se decidió por irse al lecho. Quería dormir porque no tenía necesidad de soñar.

" EL RICTUS APACIBLE DEL AMANECER".

"Sólo es digno de libertad
quien sabe conquistarla".

Goethe

-¿Tiene Usted, amiga mía, alguna idea acerca de la vida que le espera?

Dicha al oído, esta pregunta acompañó al abrazo apasionado de una persona que ella bien conocía totalmente transformada dentro de aquel uniforme de capitán de caballería rebelde: guerrera y pantalón color crema, botas de media caña y cinturón de cuero crudo del que pendían machete y revólver.

La mirada perdida imprimía al rostro de Matilde esa expresión neutra que tratan de conseguir los orfebres emane del rostro de una virgen cincelada en mármol. La cabeza reclinada sobre el pecho de Fernando y las manos recogidas sobre su corazón palpitante, se rendía la chiquilla después de sortear felizmente los peligros de la escapada y el viaje a través de la selva.

No tardaron en acudir a la privacidad del bohío que Fernando habitaba, situado fuera de los límites del campamento y habilitado con unos pocos muebles dispuestos a la descuidada. Detalles ajenos a la atención de una Matilde azorada y sorprendida por el rumbo que tomaba su vida impulsada por su voluntad.

Unos pocos días y detrás habían quedado, definitivamente, las comodidades domésticas y los privilegios nobiliarios. Su patrimonio había quedado reducido a unos pocos vestidos y algún dinero oculto entre cosido y descosido. Acababa de casarse sin ceremonia alguna, tan pobre como una campesina y ya no poseía esclavas porque, en Cuba Libre, no existían por ley.
Solos en la única habitación de la casita permanecieron abrazados mucho tiempo sin

pronunciar una palabra antes de acelerar el ritmo de las caricias . Saltaron los botones de nácar en el corpiño, se rasgaron las sedas de las enaguas y cayeron al suelo un cinturón de cuero y uno y otro y otro y otro zapato...

Posesa de ardores desconocidos, Matilde se sintió penetrada, palpitantes sus sienes y endurecidos sus pechos. La noche más importante de su vida tenía aquel rústico lugar por escenario; pero iban a quedar fijadas en su memoria las sensaciones que provocaba la velocidad de vértigo que había adquirido su vida.

Al amanecer del siguiente día los clarines dieron la diana a las tropas que habían pernoctado por costumbre donde mejor pudieran hacerlo los soldados.

Como los asistentes estaban autorizados a ser los primeros en tomar el desayuno, el chino que servía a Fernando se hizo muy pronto con una cazuela de canchánchara que se apresuró a poner en manos de su jefe.

En el bohío lo esperaba Fernando, ya vestido y armado y próxima a él, su mujer, abría y cerraba baúles de ignota procedencia ante su impasible criada totalmente desorientada en aquellas circunstancias.

El chino, que se había marchado, reapareció tirando de las bridas de un caballo ensillado. Y Fernando se despidió de Matilde con un fuerte abrazo y un beso en la frente.

El clarín resonó otra vez y, en tropel, los escuadrones emergieron del monte para formar en el polígono que a tales efectos habían desbrozado en el seno de la floresta y el Oficial del Día, un teniente-coronel mulato que lucía gruesas y largas patillas rizadas y un copioso bigote, se plantó en el mismísimo centro del claro y, a una orden suya, resonaron las trompetas imponiendo un silencio absoluto. Una bandera tricolor ascendió lentamente hasta el tope de elevada hasta.

-¡Presenten armas! -se escuchó-.

Las espadas de los oficiales relucían en el aire y los soldados terciaron sus fusiles , a la altura del pecho.

Aquel día, las palabras del General fueron duras y precisas: -"En estas filas que hoy veo tan nutridas, la muerte hará muy pronto fructífera cosecha..."

Así convocaba a las tropas para la gran empresa que llevaba adelante el comando insurrecto: extender la guerra por todo el territorio de la Isla. Había resultado muy duró llegar hasta allí donde ahora hacían campamento, -en la región central-, desde el extremo opuesto. Muchos se contaban dejaron sus vidas en aquel camino. Las plantillas de los batallones y las brigadas apenas conservaban unos pocos nombres de sus fundadores y las banderas de las unidades, zurcidas y remendadas, daban fe de sus heridas en combate, así como las cicatrices de los veteranos.

Una estridente clarinada despidió a un pequeño grupo de jinetes comandado por un joven brigadier muy blanco, rubio y lampiño, que después de saludar con el sable desenvainado dio la orden de partir incorporándose el último, arropado por una escolta de hombres fanatizados con la leyenda que les precedía y acompañaba. Cuando desaparecieron en la floresta, las fuerzas todavía formadas en el polígono rompieron filas y volvieron a sus obligaciones cotidianas los soldados, las escuadras y los pelotones.

La agrupación principal iba a partir a la mañana siguiente y, un par de días más tarde, lo haría la impedimenta: un a caravana de carruajes y carretas cargadas de víveres, pertrechos y personas no combatientes: mujeres, niños, ancianos, heridos y enfermos.

A Fernando le fue asignado el mando de esta singular formación y aunque, poseído de ardor guerrero, le disgustaba marchar en retaguardia, permanecer cerca de Matilde no dejaba de ser un privilegio que debía agradecer. Así que, a la hora señalada, organizó como mejor pudo a sus jinetes, distribuidos a lo largo del tren de carros y asignó a los infantes la conducción de los animales de tiro.

Tres días más tarde, acampados a la orilla de un río, un enlace le trajo noticias de un combate y la muerte del joven comandante de la vanguardia. Una novedad que les afectó mucho a todos y a él particularmente porque, por haberle conocido a última hora apenas pudo cultivar su amistad, aún cuando conocía al detalle la asombrosa historia que se desgranaba ante las hogueras de los campamentos.

Había llegado a la Isla en una expedición que, perdido por el barco el rumbo, entregó a sus tripulantes en manos de sus enemigos, mientras las fuerzas propias aguardaba en la posición previamente convenida. Conocido el error, acudieron los insurrectos en auxilio de sus compañeros, pero llegaron tarde y solamente encontraron un amasijo de cadáveres insepultos en medio de los cuales este muchacho sobrevivió a su muerte.

Enardecidos por aquella desgracia, los jinetes de la vanguardia, adelantados y flanqueados por escuadras volantes, iniciaron un avance suicida señalado en el terreno por el humo de los incendios que iban provocando a su paso.

Para reducir la capacidad de respuesta enemiga, siempre que les era posible desmontaban tramos de vías férreas escogidos antes de atacar las guarniciones de las fábricas de azúcar, que no podían así contar con ayuda exterior.

Intensa actividad que no descuidaba el plan trazado por el alto mando, de extender el conflicto acercando los horrores de la guerra a una ciudad capital cada noche más próxima a los vivaques de los jinetes invasores, delatados en la obscuridad por el resplandor de las llamas de las hogueras.

"LA CIUDAD A CONTRALUZ".

**"Peor que ver la realidad
negra, es no verla".**

Machado

Hierática, orgullosa, la ciudad enfrentaba sus fortalezas al mar abierto, protegido uno de sus flancos por el monte Vedado y el otro por la muralla que aconsejó reconstruir el último ataque de la Armada de Su Majestad Británica.

A retaguardia, sin embargo, las obras ingenieras no estaban presentes porque se consideraba poco probable un ataque a partir de aquella dirección, en un planteamiento de la defensa que no tomó en cuenta la posibilidad de una guerra intestina.

De modo que, cuando este conflicto estalló, detrás de un pronunciamiento independentista atribuido a un complot masónico y las acciones bélicas adquirieron vivacidad, aquella debilidad en la posición se convirtió en un grave problema para una guarnición que debía afrontar la embestida de un enemigo que había superado con éxito la resistencia de las columnas, fuertes de las tres armas, que operaban en campo abierto, y la tenaz resistencia de las trochas fortificadas.

Las pérdidas en las plantaciones y la destrucción de muchas fábricas de azúcar disparaban las alarmas y justificaban las movilizaciones. Llamados a filas, los pardos y morenos fueron organizados en batallones, y los regimientos de voluntarios intensificaron sus entrenamientos.

El ajetreo castrense que se apreciaba en las calles con tanto hombre uniformado presente en todas partes y tanta formalidad en el trato entre el paisanaje tenía su segunda parte en las preocupaciones hogareñas después de la lectura de los bandos impresos en el Papel Periódico y los comentarios acerca de la situación en los editoriales de: La Habana Elegante.

Con las alacenas atiborradas de víveres y los rincones en patios y galerías de sacas de carbón vegetal, bujías y forraje, las familias bien se aprestaban a soportar los rigores del conflicto que les tocaba para mayor desgracia. Los señores de la nobleza con acceso al Capitán General procuraban por todos los medios mantenerse informados acerca de los detalles más complicados en aquella situación; porque, lo que más temían, no era la creciente actividad del

insurrecto, sino la inminente amenaza de una intervención extranjera en el conflicto. Algo deducible de la intensa campaña propagandística desarrollada por la prensa en territorio norteamericano en apoyo de la causa independentista y en contra de los desmanes cometidos por el gobierno colonial español.

Nadie entre los que leían inglés en la ciudad, o sostuviera correspondencia con parientes y amigos radicados en aquel país, desconocía la gran influencia que el exilio había conseguido en el seno de aquella sociedad de nuevo tipo, dotada con redes de información sofisticadas al servicio de ciertos intereses económicos.

Las medidas adoptadas en los últimos meses por la Capitanía General obedecían a un claro objetivo estratégico y se constituían novedad en los procedimientos operativos hasta entonces empleados por los ejércitos europeos en sus colonias; pero alcanzaban la categoría de un drama de desmesuradas proporciones.

La Re-concentración -nombre que dio su creador a esta estrategia- consistía en despoblar los campos para trasladar a sus pobladores a la ciudad y despojar así, a las fuerzas independentistas del apoyo, para ellos tan necesario de la población rural.

En cumplimiento de estas órdenes, grandes extensiones de tierras labradas fueron arrasadas y posteriormente abandonadas a los caprichos de una naturaleza que en un breve espacio de tiempo les devolvía su aspecto primigenio, mientras los quienes habían sido sus pobladores, se hacinaban en algunas demarcaciones habilitadas a tales efectos.

Así las cosas, una noche, el estrépito de una explosión echó al pueblo habanero a las calles y, desconcertados y confusos, corrieron los más atrevidos en la dirección del puerto, donde todo parecía indicar se había producido el siniestro. Comprobado cuando una segunda detonación provocó un incendio cuyas refulgentes llamaradas fijaron la posición de la catástrofe.

Un navío de guerra norteamericano de visita en la ciudad, partido en pedazos, se hundió sin remedio junto al muelle al que estuvo atracado. Una lluvia de fragmentos de metal incandescentes recayó después de haber ascendido a los cielos y salpicó a la muchedumbre de curiosos que no por ello dejaron de fisgonear cuando los carruajes de los bomberos invadieron la zona acordonada por soldados y marineros.

Al amanecer del día siguiente los diarios más influyentes en los dos países implicados en el accidente comentaban detalladamente la noticia, desarrollando hipótesis acerca de las causas que lo habían provocado y sus presumibles consecuencias políticas. Las fricciones entre aquellas dos naciones con respecto a esta Isla no entusiasmaban a nadie..

Y no tardaron mucho ciertos sectores para exigir del gobierno norteamericano represalias, mientras desde la Capitanía General, en La Habana, se llamaba a la calma y se iniciaba una investigación a partir de la detención de dos presuntos anarquistas catalanes.

Cuatrocientos hombres perdieron la vida de un millar embarcados. La noticia se bastaba para alterar los ánimos. Los crímenes del gobierno español cometidos contra la nación cubana llenaron páginas en muchas publicaciones, reiteradamente. Se abrieron oficinas para

reclutar voluntarios dispuestos a luchar junto a los independentistas. Y se constituyeron delegaciones para recaudar fondos, colectar pertrechos y proyectar expediciones. Todo esto a título particular, con carácter de empresas privadas, mientra el gobierno se abstuviera de actuar al reclamo de su electorado.

Ante este panorama, la declaración de guerra no podía tardar mucho en llegar y lo hizo acompañada de un bloqueo naval al puerto de Santiago de Cuba que propició un desembarco al Este de aquella ciudad. La flota española estaba atrapada; pero no había todavía nada que lamentar cuando su comandante recibió la orden de salir a mar abierto para enfrentar y destruir a la flota enemiga. El desastre estaba cantado. Los navíos españoles fueron hundidos en un ejercicio de tiro y, en la capital de la Isla, se dio por perdida la guerra.

La noticia no podía caer en saco roto porque era mucho lo que estaba en juego y se había perdido la partida. Con los yanquis dueños del terreno en la zona oriental de la Isla y el ejército insurrecto acampado a las puertas de La Habana, poco o nada se podía esperar cambiaran las cosas de un día para otro, tomando en cuenta no había de dónde sacar soldados, víveres, pertrechos y dinero, para presionar en las negociaciones después que se hubiera rendido la plaza.

El Capitán General permanecía pendiente a cuanto recibía el telégrafo junto a sus oficiales de estado mayor, a los que pedía opiniones varias veces al día en el campo de sus especialidades. El orden público continuaba controlado y los soldados de la guarnición capitalina conservaban la disciplina conscientes de las cruciales circunstancias en las que estaban implicados. Las hogueras en el campo insurrecto, multiplicadas como las estrellas en el cielo, delataban en las noches obscuras la presencia de la muerte, tal como durante el día lo hacían las columnas de humo que ascendían desde sus asaderos.

En cualquier momento, el día menos pensado, aquella muchedumbre de jinetes y caballos, después de no pocos cañonazos disparados por aquí y por allá, se lanzaría sobre las posiciones defendidas por la guarnición. Un paso en las líneas atrincheradas y un boquete en la muralla obra de un cañonazo y la batalla se teñiría de rojo. Pero nadie deseaba sucediera tal cosa y el campo insurrecto, aparentemente mejor informado, adoptaba un compás de espera prudente, esperando la definición del conflicto con calma salomónica.

" EL SOL A PLOMO ".

"¿Dónde está mi bandera?..."

Byrne

Cuando las puertas de la ciudad se abrieron al paso de las tropas de la coalición victoriosa, el cuartel general y la escolta, luciendo los jinetes en sus uniformes la blancura del dril almidonado, superó los umbrales en ordenada formación y continuó su recorrido por la calle Monserrate en dirección al lugar previamente acordado para efectuar la ceremonia del traspaso de poderes.

Aunque el grueso de la tropa recibió la orden de permanecer acampada, algunas personas notables recibieron salvoconductos para visitar familiares y no se pudo evitar, el populacho, se echara a las calles y al campo para confraternizar con los libertadores.

Centinelas uniformados con trajes azules custodiaban ahora los edificios oficiales. Se sabía que, el Capitán General, ya había entregado su espada al Comandante de las tropas norteamericanas y que los soldados españoles, desarmados, aguardaban las órdenes que pudieran derivarse de la nueva situación.

El grupo de oficiales criollos a caballo llegó entonces al Campo de Marte y se detuvo ante la estatua de Fernando VII. El General desmontó y apenas acompañado por su secretario se dirigió al puente levadizo del castillo de la Fuerza Nueva en el que se había instalado el Cuartel General del Ejército Expedicionario.

Un sargento rubicundo se adelantó a recibirlos mientras los soldados negros presentaban
armas. El secretario del General se dirigió en inglés al sargento, identificando al General y explicándole los propósitos de aquella visita. Por toda respuesta, el sargento señaló el camino

indicando siguieran. Entraron, los tres, por la puerta principal de la fortaleza y, superado el vestíbulo, fueron introducidos los dos cubanos a un salón en el que departían oficiales españoles y yanquis alrededor de una mesa servida con bandejas de bocadillos y copas de vino.

Sorprendió a todos el Comandante del Ejército Expedicionario hubiera dejado de serlo y fuera presentado como Gobernador Militar de la Isla, cargo que iba a desempeñar interinamente hasta que así lo determinara su gobierno. Una novedad que no afectaba en absoluto a las autoridades españolas después de asumir la derrota; pero que evidentemente agrió los brindis a los independentistas cubanos, porque alejaba el momento por ellos añorado de proclamar la República.

La mujer embozada que bajó del carruaje fue introducida a toda prisa en la casona, auxiliada por una mulata que la sostenía abrazándola por el talle. Si alguien entre los ocasionales viandantes pudo verla, nadie pudo haberla identificado; tanto envoltorio le pesaba encima que, además de su identidad, quedaba bien oculto su avanzado embarazo. Un alumbramiento pronto a producirse, porque no iba a tardar mucho en llegar y detenerse ante la puerta de aquella mansión el coche del médico más prestigioso de la ciudad.

En el interior de la casona, la actividad de la servidumbre reflejaba la conmoción que había producido la emergencia. El médico entregó al mayordomo su bastón y su sombrero y, sin detenerse un instante, tiró por la escalera con asombrosa agilidad para su edad avanzada.

En la galería de la planta alta lo aguardaba la mismísima Condesa, que se limitó a indicarle la puerta de la habitación donde yacía la parturienta.

Asistida por una comadrona que le acompañó desde el lejano campamento, pálida como un cirio, Matilde, agarrada a los metales de la cabecera de la cama, removía sus caderas desnudas, espasmo tras espasmo. El médico llegó a tiempo para concluir la faena que iba ya por buen camino, porque la comadrona conocía muy bien su oficio y había hecho lo que tenía que hacer, tratándose de una primeriza. Mas la llegada del médico resultó determinante en la conclusión del parto, que llegó a feliz término sin más consecuencias.

Aquel brillante día que iniciaba sin cúmulos la estación de las lluvias, cuando de una vez por todas fue arriada la bandera de la Unión Americana del mástil sobre la cúpula en el faro del castillo de los Tres Reyes del Morro, para que ocupara su lugar la igualmente tricolor de la estrella solitaria, el pueblo se entregó a la fiesta sin esperar por edicto alguno de las autoridades.

Ya para entonces la estatua de Fernando VII no estaba en su sitio en el Campo de Marte
porque, derribada a martillazos, dejaba aquel lugar a la que ahora se pretendía erigir en honor al Padre de la Patria.

De un día para otro, la vida volvía a ser como siempre había sido y, sin embargo, diferente.

Y aquel atardecer, Fernando y Matilde, pasearon el Prado, seguidos de cerca por la fiel Cecilia con la niña en brazos.

Al paso de la pareja, los amigos saludaban efusivamente, mientras aquellos que en otras circunstancias no hubieran vacilado para ofenderles se limitaban a observarles pasar, procurando sortear un comprometido saludo que la proximidad hubiera hecho inevitable.

1979

" PÁGINA INTRODUCTORIA ".

La Habana de la segunda década del castrismo se había alejado mucho de las alegrías que provocó en su día la caída de la dictadura anterior y el deterioro de las condiciones de vida dejaba su impronta en la ciudadanía. Cierto era que aún no se había llegado por ese camino a los dramatismos que llegarían después; pero la apertura por el gobierno de una vía de contacto con la comunidad exiliada pulverizó los tópicos y abrió los ojos a los jóvenes a otra manera de vivir que le venía siendo negada con falacias doctrinarias.

Los gusanos, transformados en mariposas, regresaban con las maletas llenas d regalos, los bolsillos repletos de dólares y confraternizaban con todos. La propaganda del régimen siempre afirmó que eran discriminados en el destierro y sólo tenían acceso a los trabajos denigrantes, les trató de apátridas, les dijo de todo y por ese motivo arribaron los primeros con muchos recelos, aún no olvidadas las humillaciones que una vez les obligaron a partir sin perspectiva alguna de regreso.

Ahora -sin embargo- se les recibía con alegría, abrazos y bendiciones incluidas. Se aunaban las voces para cantar La Bayamesa, los ancianos temblaban de emoción y los niños -de golpe y porrazo- conocían a la otra mitad de la familia, hasta entonces ausente y diseñada a capricho por la imaginación infantil.

Como resultado natural de los intercambios de criterio entre los que llegaban y los que habían optado por permanecer en la Isla, brotaron nuevas corrientes de opinión y salieron a la luz los resentimientos que muchos habaneros se guardaban en silencio. Los extremistas, de súbito, quedaron menos extremistas y en las calles y en la intimidad de los hogares comenzaron a emplearse otros términos para referir la nueva situación. Si los anfitriones cautivaban a los visitantes con sus atenciones, los visitantes enloquecían a los anfitriones con sus éxitos. Las maletas llenas de regalos desencadenaban una verdadera tormenta de pasiones. Y aunque los de mayor edad conservaran la calma, los jóvenes quedaban pasmados ante tantas cuestiones.

Fue entonces cuando un automóvil, desarrollando su máxima velocidad, se apartó de la vía pública proyectándose contra la verja del jardín en la sede de la embajada venezolana. Los centinelas al servicio del gobierno reaccionaron a la sorpresa disparando ráfagas de fusil automático a diestro y siniestro; pero los tripulantes del automóvil consiguieron ingresar a la sede diplomática sanos y salvos y el gobierno venezolano les concedió asilo político, asentando un precedente que obligó al régimen a redoblar la vigilancia en las representaciones diplomáticas con un personal escogido por fanatizado. A pesar de lo cual, tLESs hechos, no tardaron en repetirse, añadiéndose cadáveres de hombres y mujeres muertos a

balazos y niños gravemente heridos hospitalizados bajo la protección de banderas extranjeras. Una escalada que terminó con once mil personas solicitando asilo en la embajada peruana y ciento cincuenta mil embarcados por el puerto de Mariel.

El matiz romántico intencionadamente agregado a la historia del régimen cubano por una solapadamente tendenciosa propaganda internacional al, acababa de saltar por los aires ante universal asombro.

PRIMERA PARTE

"UN PUENTE SOBRE EL MAR AZUL".

" IYÁ MÍA, YEMAYÁ ".

"Yemayá asesú
Asesú Yemayá..."

Invocación Yoruba

La hembra más codiciada de La Habana malvivía en un solar de la calle Corrales, en las proximidades de la estación de ferrocarriles y a unas pocas calles del Parque Central. Se llamaba Ana Gloria, cargaba con un apellido impronunciable y debía la existencia al fortuito encontronazo de un baturro con una negra conga. De su padre sacó el pelo lacio -como cola de caballo- y la fisonomía, y de su madre el color cartucho y la voluptuosidad de la figura. Su infancia -decían las malas lenguas- la vivió en la Casa Cuna algún tiempo antes aL decreto del Tercer Dictador de la República que ordenaba derribar los muros de aquel edificio, de buenas a primeras considerado símbolo de una institución infame. Adoptada por un matrimonio burgués, desarrolló su adolescencia de la mejor manera. Estudió canto, baile y hacía el tercero de bachiller cuando sus padres adoptivos decidieron emigrar, confiando la custodia de la residencia familiar: "hasta la inminente caída de aquel desbarajuste de gobierno".

Para su mayor desgracia -decían las malas lenguas- lo primero que hizo al verse sola y libre fue echarse novio y este bicho, un perfecto sinvergüenza, la introdujo a toda prisa en la vida nocturna de la ciudad. Dinero no les faltaba porque un poco habían dejado a la chica sus padres adoptivos y porque la casa estaba dotada con muchas obras de arte, libros y muebles antiguos que muy pronto cogieron camino, vendidos por cuatro perras a secretarias de embajadas y extranjeros de paso contactados en las galerías y las recepciones conmemorativas a las que siempre estaban invitados (por h o por b) en atención al estilo de vida que hacían, como si adorno imprescindible fueran considerados.

Solos, en la intimidad -sin embargo- dejaban de controlar sus instintos. Dormían la mañana y hacían el amor a cualquier hora cada vez en un sitio más extraño y diferente: la bañera, el comedor, la cocina, encima de la lavadora o dentro del auto inutilizado en el garaje. Desayunaban al medio día y cenaban a altas horas de la noche en los restaurantes de los hoteles después de hacer la velada en un club nocturno, un cine o un cabaret.

Fue así como muy pronto Ana Gloria se hizo conocida de todos en el ambiente farandulero de

la bohemia, significada por las falsas apariencias de una solvencia económica infinita. Era la niña rica que extraviaba sus pasos. La hembra ardiente y caprichosa que quiere quemar la vida en un instante y pierde la voluntad en una tormenta de sensaciones. ¡Bailar! La entusiasmaba bailar y, además, le gustaba cantar, interpretar boleros, algo que sabía hacer muy bien y mucho mejor después de unas copas y unos entremeses en un sitio chic.

> **"Perdóname si alguna vez**
> **sin quererlo te engañé**
> **pues no hay nadie como tú**
> **vida de mi alma.**
>
> **Apiádate de mi sufrir**
> **no me guardes más rencor..."**

Las navidades de aquel año -undécimo de la dictadura- celebraron los habaneros sin saber que serían sus últimas navidades por muchos años. Las presiones políticas en el país se habían intensificado y un paquete de medidas emanadas de las altas instancias del régimen dejó fuera de servicio el Presidio Modelo y declaró una "ofensiva revolucionaria" que eliminó, de facto, el comercio minorista y los permisos de trabajo por cuenta propia generando una enorme bolsa de desempleo que el Tercer Dictador de la República había previsto emplear en una obra grandiosa: LA ZAFRA DE LOS DIEZ MILLONES. Un récord en materia de toneladas de azúcar producidas en una única cosecha. Quedaría registrada en la historia como insuperable triunfo de la voluntad -del Dictador-.

El complemento a estas disposiciones resultó una Ley contra la Vagancia que cortaba las alas a los insumisos y arreaba el rebaño de desempleados hacia la única fuente de empleo: los campos de caña y las fábricas de azúcar. De esta forma, a los recientemente liberados presos políticos no se les daba resuello y a los libertinos de las calles se les rehabilitaba.

El novio de Ana Gloria desapareció sin dejar rastro. Pero la desolación a la chica no le daba respuestas y, en aquellas circunstancias, cuando los que hasta entonces había considerado sus amigos la esquivaban, comprendió había estado viviendo dentro de una pompa de jabón, refugiada en la añoranza de un mundo que había dejado de existir después de agonizar durante diez años.

El fracaso de aquella monumental acción de gobierno, certificada en palabras del mismísimo Tercer Dictador de la República dio rienda suelta al despropósito de un fenómeno sui géneris: la inflación en un régimen de economía planificada y racionamiento -invento cubano-. La demostración de un teorema que explicaba, -¡Por una vez en esta vida!-, la cuadratura del círculo; pues quedaba aclarado podían subsistir sin exclusión una planificación económica cerril y una desorbitada especulación.

Por esta regla de tres un paquete de cigarrillos se vendía en el mercado negro a diez pesos, una gallina a cuarenta y cinco y un automóvil en ¡diez mil!. Algo absolutamente alucinante
porque el salario medio andaba por los ciento veinte pesos y nadie podía explicar de dónde sacaba tanto dinero la gente. Entonces el gobierno creó los así denominados "mercados paralelos", autorizando la venta por libre de algunos electrodomésticos en los comercios

estatales, a "sobreprecio", y en otras tiendas especializadas destinadas a habilitar de alguna manera a los novios antes del matrimonio y a los que se marchaban sin fecha de regreso a "misiones internacionalistas".

Presionada por las nuevas circunstancias, Ana Gloria decidió poner en marcha un proyecto que antes había considerado con su ex-novio: permutar el chalet heredado de sus padres adoptivos por una vivienda modesta y una compensación en metálico que -por ilegal- no se registraría en las escrituras. Así tendría la vida garantizada varios años y el sosiego necesario para labrarse un mejor futuro. En la Bolsa de las Permutas enfrentó tres propuestas: dos en la capital y una en el interior del país que de inmediato rechazó decidiéndose por una vieja casona solariega -"de tiempos de España"- muy bien conservada en medio de un entorno arquitectónico decrépito.

Ciento veinte mil pesos en efectivo y un Chevy del año cuarenta y ocho tasado en diez y seis mil recibió Ana Gloria en compensación por el acusado desnivel de calidad entre ambas viviendas y ambos automóviles. Ella no sabía conducir ni tenía licencia de conducción, pero los autos de aquel modelo y año eran muy apreciados porque podían hacer veinte kilómetros por galón de gasolina consumida y tal como estaban las cosas eso representaba un notable servicio. El dinero en efectivo, sin embargo, parecía mucho, mas no lo era y apenas le garantizaba un año sabático que no iba a estar exento de algún sobresalto. Pero fue así como cambió, el silencio apenas quebrado por el susurrar de la brisa marina en el muy aristocrático barrio de Miramar, por el constante bullicio de los negros y el estrépito y las pitadas de los autos y los camiones que traficaban en el puerto y rodaban, a toda hora, por las estrechas calles de La Habana Vieja.

Se instaló en su nueva casa y comenzó una nueva vida. De día, disfrutaba el espectáculo que se desarrollaba ante sus ojos; pero de noche, en el recogimiento, tenía dificultades para conciliar el sueño y apenas lograba alcanzar un profundo relajamiento en la vigilia enriquecido con viajes astrales que la proyectaban hacia adelante y hacia atrás en el espacio-tiempo.

(...Diez años antes una Ana Gloria adolescente, flaca y aceitunada, erguida sobre los pedales de su bicicleta, disfrutaba una mañana las vacaciones navideñas recorriendo "a todo trapo" las anchas aceras de la Quinta Avenida cuando la sorprendió un aterrador escándalo alimentado con pitadas de automóviles y altavoces conectados a grabaciones de música marcial. Una multitud enardecida desbordó en unos minutos la avenida, como río crecido sobre una pradera, arropando a unos estrafalarios personajes que se desplazaban sobre extraños vehículos descubiertos, portando armas cortas y largas así como encrespadas barbas y melenas. Fue su primer encuentro visual con "los barbudos" y auditivo con sus entusiasmados partidarios. Recordaba se quedó paralizada, los dos pies en el piso, antes de reaccionar y echar a correr, con energía, sin tomar aliento sobre su bicicleta, hasta el refugio de su "hogar, dulce hogar".

Encontró a sus padres adoptivos sentados ante la pantalla del televisor. Algo nada habitual a esas horas y, por consiguiente, extraordinario. Centralizaba la pantalla la imagen de un curioso personaje tocado con una gorra de visera corta y dura, nada parecida a la por ella conocida de los jugadores de base ball. El hombre gesticulaba, apuntaba al cielo con el dedo índice de su mano derecha y sólo dejaba de hablar cuando la multitud que le escuchaba y

enfocaban las cámaras lo aclamaba, con gritos y aplausos delirantes. Ana Gloria era por entonces incapaz de interpretar la situación; pero percibió una gran preocupación en la adusta y silenciosa actitud que habían asumido sus padres -siempre joviales- escuchando aquel mensaje, para ella incomprensible, que les llegaba de la pequeña pantalla.

Unos días más tarde -años después lo supo- se legislaron y aplicaron las leyes anunciadas por el hombre de la gorra que embargaban las propiedades de sus padres, dejándolos como Dios los trajo al mundo. Y así comenzó el vía crucis de su familia; porque a la expropiación siguió la conspiración y la captura, el juicio y la condena de su padre adoptivo que salvó la vida, milagrosamente, al reconocerle el tribunal el mérito de haber enfrentado en su momento a la dictadura anterior. ¡Cinco años!, acompañando la niña a su madre en la guagua, en el barco y, ocasionalmente en el avión, cada vez que tocaba visita al recluso y se hacía imprescindible poner en sus manos "la jaba" llena de confituras, cigarrillos y conservas en latas que, a precio de oro, compraban a los especuladores en la ciudad. ¡Cinco años! Y: ¡Gracias a Dios!, no fueron treinta ni paredón de fusilamiento. ¡Gracias a Dios y a los Santos!, que nunca nos abandonaron en el camino).

Un día, se presentó ante la puerta de su nueva casa un hombre joven que dijo ser amigo de una amiga suya y mostró interés en comprarle el automóvil.

-Me ha dicho Herminia que Usted desea venderlo.

Esta visita no la sorprendió porque estaba advertida al respecto y muy bien informada acerca del tipo, un marinero mercante que tenía pesos y buenas relaciones, algo que alejarían hasta una prudente distancia a los tisgones impertinentes.

El individuo estaba físicamente bien proporcionado, muy bien vestido y su presencia daba la nota discordante en la mediocridad del ambiente.

-¿Es Usted extranjero? -solían preguntarle-. Y el: -No, extraterrestre.

La invitó a almorzar para discutir el asunto en La Zaragozana y después se fueron a la barra del Floridita, prestigiada por Papa, y adoptada a la sazón por los pescadores del alto que ganaban bien y llevaban allí sus ligues para encaminar la relación. Unieron aquella tarde con la noche y aquella noche con un nuevo amanecer que les sorprendió en la cama de una posada -como todas- de mala muerte.

No hicieron negocio, pero se emparejaron. El marinero se hizo cargo del vehículo como propio y el dinero destinado en un principio a la transacción pagó muchos divertimientos diurnos y nocturnos. Ana Gloria volvió a ser la de antes, repentinamente situada en el otro bando, en calidad de pareja de un hombre del gobierno. Pero el cambio más significativo
llegaba a su vida con la inaudita intensidad que había adquirido, de repente, su vida sexual. El marinero parecía querer saciar la sed de una abstinencia de siglos. Y aunque

externamente se conducía con mucha corrección, en la privacidad se transformaba, poseso de un demonio, haciendo alarde de virilidad satánica. Así accedió Ana Gloria al vademécum de la cultura popular en materia de sexo, las sutilezas del acoplamiento.

El placer de la sublimación a dúo; la palabra apropiada en el momento apropiado y la frase fuerte que eleva la excitación al clímax y provoca orgasmos.

Catando cada vez nuevos placeres Ana Gloria se sentía colmada y satisfecha en medio de aquel ambiente caracterizado por las carencias. Comprendía que ahora la gente la trataba de otra forma y no sólo por su solvencia económica sino porque este último emparejamiento suyo la situaba entre los que "no estaban en nada"o podían, perfectamente, "estar en algo".

Pero una tarde -¡Al fin!- llamó a su puerta un mensajero con un telegrama dirigido a su hombre. La empresa naviera le ordenaba presentarse a bordo en un plazo máximo de tres días. Y fue así que le llegó la hora de partir al lobo de mar y del merecido descanso a su pareja después de un último maratón sexual de despedida que dejó detrás de sí a una Ana Gloria destrozada por dentro y por fuera.

El marino partió en un viaje sin fecha de regreso al Indostán, en las proximidades del fin del mundo y la honesta Ana Gloria, que no quería ser viuda de un vivo, propuso y convinieron dar término a la relación. Quedaron como amigos y la chica se impuso dos semanas de descanso disfrutando de la radio y la televisión, durmiendo y alimentándose, única y exclusivamente, cuando le apetecía después de relajarse en la bañera leyendo novelas de Corín Tellado que intercambiaba muy discretamente con una señora, porque estaban consideradas por la censura impuesta: historias de una sociedad corrompida y felizmente superada.

" IGUAL DE AZULES ".

**"Existen tres tipos
de hombres:
los vivos, los muertos, y los
que navegan..."**

Plinio el Viejo

El automóvil estaba de nuevo en venta y se mostró interesado en adquirirlo el administrador de uno de los pocos supermercados que, milagrosamente, sobrevivían en la ciudad. Un grandullón macizo y bronceado mulato que había sido recompensado por el gobierno con aquel empleo después de regresar vivo de una aventura en África Austral. Sin un pelo de tonto se estaba lucrando a plena luz del día y, como no tenía auto, había contratado a un taxista que estaba a su disposición las veinte y cuatro horas del día. Pero este servicio le resultaba muy caro y lo mejor que podía hacer era comprarse un automóvil.

Pagó a la chica quince mil pesos en efectivo y la despedida fue con besos en las mejillas y un fuerte estrechón de manos. Aunque la mayoría de los vehículos automotores que circulaban en el país lo hacían a nombre de anteriores propietarios, éste solamente había pertenecido al nominal y, superando algunas pequeñas dificultades era factible el traspaso en las oficinas municipales. Así que la operación era limpia, aunque fuera inconveniente declarar otros detalles.

Aliviada del peso de aquel lastre que siempre le causó preocupaciones, Ana Gloria se sintió pletórica y recompensada con este dinero que decidió echarse encima en peluquería, solarium, masajista, ropa interior de marca, vestidos y zapatos. La lotería por Venezuela era el último acontecimiento en la trastienda de aquella sociedad que deseaba vivir la vida por encima de tantas prohibiciones. Se sabía que, en las zonas rurales, los guajiros habían vuelto a las peleas de perros y a las riñas de gallos. Pero "jugar lo prohibido" en La Habana Vieja significaba arriesgar el tipo a cambio de nada, en medio de un millar de confidentes. Ana Gloria se inició apostando pequeñas cantidades a los terminales, considerando de antemano perdido el dinero; pero muy pronto subió las apuestas en atención a su reputación. No tenía suerte, pero ganaba en ascendencia entre sus vecinos por su carácter alegre, su receptividad para con ellos y además, su belleza. Su participación cómplice en aquellos pecadillos dejaba

fuera de lugar las sospechas hacia sus actividades privadas; porque lo peor que le podía

suceder a una persona en aquel barrio era que la tomaran por "informante" sin serlo. La

Habana entera le cerraba sus puertas secretas y el tratamiento respetuoso que le daban los

demás debía apreciarlo como una advertencia. Un mal día se caía accidentalmente de una escalera o sufría el atropello de una bicicleta sin frenos...

Herminia, una anciana muy activa que -como Ana Gloria-, habitaba en solitario una casona de la acera de enfrente, se impuso la tarea de reservarle un lugar en la cola del pan a la muchacha. Un apreciado favor, porque nunca se podía precisar la hora exacta en que saldría a la venta el producto terminado, algo que dependía de la llegada de la materia prima a la panadería. La ineludible cola del pan implicaba una espera de horas aunque después todo terminara en unos minutos. El pan era la base de la alimentación popular. A partir del pan se elaboraban los desayunos, los almuerzos, las meriendas y las cenas: pan con aceite, sal y ajos; pan con chorizo; pan con croquetas; frituras con pan; pan con lechón; pan con carne y pan con timba... En la lucha por el pan nuestro de cada día, Herminia había desarrollado con mucho acierto unas estrategias que le evitaban esfuerzos inútiles y le permitían estar presente en el momento justo. La clave de su éxito estaba en conocer los pormenores en la actividad interior de aquel establecimiento. Ella sabía que, en circunstancias normales, la primera hornada estaba siempre lista tres horas después de haberse recibido la harina de trigo. Pero también sabía que, para iniciarse la venta debía estar presente la mujer del administrador que se desempeñaba como cajera. Si ella andaba por la escuela donde estudiaban sus hijos o se acicalaba en la peluquería de la esquina, la venta quedaba suspendida hasta su regreso a la banqueta situada en el extremo interior del mostrador. Y este era el momento en el que Herminia aparecía con un pequeño frasco entre las manos que contenía un poco de café claro y muy dulce, para los empleados: regalo del cielo.

-A las menos cuarto, Herminia -la avisaba el panadero-. Y, en menos de cinco minutos, estaba Herminia llamando a la puerta de Ana Gloria. No les gustaba llegar las primeras para preservar el secreto del procedimiento. Se retrasaban intencionadamente y llegaban a la cola después de una primera decena de personas.

Así se vivía La Habana de aquellos años bajo la discreta, pero constante, vigilancia de los miembros más destacados de las "organizaciones de masas". Expuesto todo el mundo a una denuncia por cualquier motivo. Peligro siempre pendiente sobre los hombres jóvenes aptos para el servicio militar y, con más razón, si desafectos, fieles de alguna religión o admiradores de los éxitos de la empresa privada en otros países y, por consiguiente, partidarios de la explotación del hombre por el hombre, lacra que ya había sido eliminada en este país.

Aunque evitaba iniciar otra relación sentimental que pusiera límites a la independencia que había conseguido después de tantas peripecias, Ana Gloria, como cualquier otra mujer de su
edad, no fue capaz de oponer resistencia a una propuesta de matrimonio que le soltó a boca de jarro un buscavidas de nombre Rolando con el que hizo amistad en una zapatería situada entre las calles de Monte y Factoría, donde decía el slogan: "regalan la mercancía".

La Defensa, tenía por nombre aquel establecimiento que vendía zapatos por la libreta, donde

le salió el pretendiente: un muchacho blanco, alto, que lucía el cabello grueso y lacio con el
clásico peinado chino, hacia atrás, que facilitaba el trabajo a los peluqueros.

Rolando la abordó en la acera. Ella torció la mirada y contrajo los labios, -ademán clásico que, en buen sermo cubensis significa algo así como: ¡Vete a la mierda! -. Pero Rolando no se fue, la siguió y se produjo el milagro: una amiga común caminaba en sentido contrario y, con un peculiar saludo, desató la risa y, después de presentarlos, invitó a unas copas en el bar del restaurante El Patio, residencia que lo fue del marqués de Aguas Claras ahora reconvertida en puesto de fritangas, situada en el camino al taller de artes gráficas montado por el gobierno para imprimir gratuitamente sus trabajos a los dibujantes y grabadores y, al paso, controlar lo que les pasaba por la mente a estas celebridades. Porque Leonor, la amiga común, -Ana la conocía desde las monjas- , estudió artes plásticas en la vetusta Escuela de San Alejandro y producía en su casa grabados al linóleo y dibujos a la plumilla que daba a vender a un inválido los días Sábado de la Catedral, una especie de feria medieval, mientras ella, personalmente, se ocupaba en atender los encargos de las secretarias en sedes diplomáticas acreditadas en el país que, en esta depauperada ciudad presumían como no podían hacerlo en ninguna otra ciudad del planeta.

La tertulia resultó agradable porque los tres se expresaron abiertamente. Rolando se ganaba la vida como comprador de piezas para un instituto científico y en razón de ese empleo podía disponer de una motocicleta rusa con sidecar, modelo II Guerra Mundial. Un verdadero privilegio, porque a pesar de su aspecto de reliquia histórica funcionaba estupendamente y con ella podía Rolando "resolver" muchos problemas a su familia, a sus amigos y a los amigos de sus familiares y a los amigos de sus amigos que, en cada caso, le recompensaban en especies y en metálico, elevando su nivel de vida al final de cada mes a la altura de un tipo "maceta" o lo que es lo mismo, solvente.

Trasladar un mueble, hacer de mensajero si le quedaba en ruta el encargo; comprar allá, donde lo hubiera lo que no había por acá y hacer el favor de ponerlo al alcance del necesitado: una medicina, una botella de ron, un ramo de flores que siempre pagan muy bien los santeros... En las relaciones públicas que implicaba este continuo ajetreo, Rolando se desenvolvía como pez en el agua. Solía mostrarse creyente con los creyentes; comunista con los comunistas y "gusano" con los "gusanos". Su actitud preconizaba unas normas de comportamiento que terminarían imponiéndose por obra y gracia de las carencias y la incapacidad del gobierno para "resolver" a la gente una cualquiera de sus elementales necesidades. Rolando anticipaba la figura de un "corre, ve y dile" en un contexto de humillante miseria en el que se imponían el trapicheo y la compra y venta a sobreprecio de todo objeto útil y cualquier alimento.

Pero lo que en realidad impresionó a Ana Gloria de este pretendiente lo fue su brillante desempeño como bailarín la primera vez que salieron; habilidad muy apreciada en un país de bailadores a los que no podía reducir aquel régimen de ayunos forzados y reprimendas gratuitas. Porque -¡Eso sí!- en aquel mundo del "no hay", cada viernes había una verbena convocada en el Salón Mambí que casi siempre terminaba violentamente con la llegada en zafarrancho de combate de "los cascos blancos", el destacamento de la policía especializado en lidiar con la plebe desbordada. Pero se bailaba también en sitios más tranquilos y

agradables: las salas de baile de los hoteles y en los clubes nocturnos -más modestos, pero no menos caros- que ofrecían actuaciones en exclusiva de artistas de primer orden: Moraima Secades, en el Gato Tuerto; José Antonio Méndez, en el Pico Blanco; Ela Calvo, en el Sierra; Manolo del Valle, en el cabaret Nacional, Omara Portuondo, en el Capri... La oferta era múltiple y variada: guitarra, charanga y jazz band a la manera de la orquesta Riverside y su

insuperable Tito Gómez.

En la pista, Ana Gloria y Rolando se fundían en un sólo cuerpo con dos cabezas y ocho brazos como una deidad hindú que se desplazara acoplada al ritmo de la percusión, siempre diferente si se trataba de un son, una rumba, un danzón o un cha-cha-chá. Las coreografías que se inventaban con los movimientos de sus cuerpos, sincronizados al ritmo de la música, despertaban la admiración del resto de los bailadores, la atención de los directores de espectáculos y las suspicacias de los "seguros" a cargo de la vigilancia en estos lugares.

Cuando hacían noche en casa el interés de Rolando se centraba en la radio. La Voz de las Américas, su emisora favorita, iniciaba su emisión nocturna al atardecer y para conseguir una buena calidad de sonido con su arcaico receptor de válvulas se había construido, siguiendo las instrucciones de un amigo experto en estas cosas, un artilugio que acoplado con un alambre bipolar a la antena del aparato mejoraba su ganancia y conseguía superar exitosamente las interferencias que "los segurosos" emitían desde plantas distribuidas siguiendo una refinada estrategia en el plano de la ciudad. La Voz de las Américas despertaba más interés que otras emisoras extranjeras porque elaboraba programas especiales para Cuba, informando acerca de eventos en la Isla intencionadamente ocultados por la prensa oficial, y enriqueciendo el sumario con sucedidos en el seno de la comunidad exiliada en Miami, que también interesaban a los isleños.

Como los medios de comunicación nacionales se dedicaban en exclusiva a transmitir y retransmitir la palabra orientadora del Tercer Dictador de la República, escuchar la radio extranjera posibilitaba contrastar la información que diariamente despertaba a los ciudadanos afirmando por la mañana lo que negaba por la noche y viceversa. Una controversia que prohijó enorme interés en la población de la Isla y propició, en el exilio, se establecieran otras emisoras con la potencia suficiente para hacer llegar a los isleños sus desmentidos, a las falsedades que día tras día transmitían y retransmitían las emisoras locales.

Las deserciones de funcionarios, artistas y deportistas que se sucedían en un goteo incontenible producían muchas horas de radio y muchos testimonios que, en concierto, desvelaban las interioridades del régimen y la corrupción que imperaba en las altas esferas del poder totalitario. Pero eran las noticias acerca de la arribada a buen puerto de lanchas y balsas tripulada por adolescentes y familias con sus niños pequeños y sus mascotas, bien conocidas en una barriada popular, las que mayor impacto producían en la opinión pública, sin que dejaran de provocar asombro casos excepcionales como: Un oficial del ejército en campaña que cruzaba una frontera africana y desaparecía sin dejar rastro... Un escritor ausente a la sesión inaugural de un congreso europeo que reaparece en Nueva York y hace declaraciones sensacionales a la prensa... Un piloto militar que aterriza su reactor artillado en un aeropuerto deportivo al otro lado de los estrechos...

En las entrevistas se desvelan también los beneficios que consiguen los desertores nada más poner un pie en ese otro mundo: a los peloteros les contratan en las grandes ligas; al piloto militar y al oficial de infantería que se largaron sin pedir permiso, las cinematográficas les compran sus historias. Los de a pie reciben una vivienda, atención médica y ayuda económica... En la Isla se escuchan estas buenas nuevas en silencio, con el potenciómetro al

mínimo para evitar a los chivatos. No se consuela el que no quiere y no todo el mundo puede intentar largarse sin que antes le atrapen antes o durante el viaje. Pero no tardan en llegar, por una vía o por otra, las fotos de los recién llegados con el carro, sentados a la mesa de un restaurante o en el salón de la vivienda que habitan...

Disponer de tanta información hacía de Rolando un insustituible contertulio en aquellas reuniones de amigos en la que cada cual decía lo que sabía y, al final, todos actualizaban sus conocimientos. La vida privada de las principales figuras del régimen -Secreto de Estado- descendía desde las alturas a las alcobas del servicio diplomático extranjero acreditado en el país y desde allí a las calles con las queridas y los queridos compartidos que tanta satisfacción proporcionaban a tanto dirigente y a tanto dignatario. Lo que con tanto empeño ocultaba el gobierno llegaba de esta manera al gran público con todo lujo de detalles y los Secretos de Estado terminaban secretos a voces que se transmitían boca a boca: "El elevado número de bastardos que sumaba en sus haberes el Tercer Dictador de la República. "El alcoholismo de su hermano y las queridas de un lugarteniente, empeñado en sentar cátedra de compositor de boleros, ahorraban el esfuerzo creativo a los cuenteros y añadían sal y pimienta al cotidiano cotorreo de los habaneros hartos ya de tanta desvergüenza.

"LA LETRA DE IFÁ".

**"Yemayá olobdo
Olobdo Yemayá..."**

Invocación Yoruba

Sacar adelante un proyecto de matrimonio requería, además de paciencia china, entregarse en cuerpo y alma en las manos de los picapleitos que empollaban en los bufetes colectivos distribuidos por los municipios. El servicio se pagaba por adelantado, pero los documentos que exigía el procedimiento a los cónyuges: certificados de nacimiento, penales y salud, se tardaba meses en conseguirlos. Después tocaba volver a esperar, "por tiempo indefinido", el turno con el día y la hora para adquirir el ajuar que, para la novia y el novio, se vendía en la tienda del Palacio de los Matrimonios.

Rolando y Ana Gloria acordaron conservar sus respectivas viviendas para evitar el riesgo de perder una de las dos, algo ya estipulado en las leyes. Y como la de Rolando no era más que un modesto cuartucho en un solar perdido en una Accesoria el peligro se cernía sobre la casona de Ana Gloria expuesta a las ambiciones de cualquier mujer de comandante. Rolando acostumbraba encerrarse en el cuartucho cuando se quedaba sin blanca o si le fallaba un negocio. Prefería superar el mal momento en el sosiego escuchando la radio y nunca daba detalles a la muchacha de estas sus dificultades. Y si era preciso, optaba por recurrir a un amigo y pedir prestado lo que necesitaba: unos cupones de gasolina para la moto, un litro de aceite de maíz para prepararse las comidas o quizás un pollo congelado que pedía fiado, a sobreprecio, al carnicero de la esquina, para que no faltara el fricasé que se había hecho una costumbre los domingos en la casona de su novia. Los preparativos de la boda le habían vaciado los bolsillos y agotaron sus escasas reservas. Los divertimientos nocturnos fueron sustituidos por veladas en casa, cada vez más frecuentes, a las que no faltaba Herminia y, cuando lo invitaban, su amigo Esteban, el electromecánico a quien se debía la original idea "del filtro" que conectado a la antena de la radio eliminaba las interferencias.

El Palacio de los Matrimonios ocupaba un antiguo palacete del Paseo del Prado y eso daba mucho brillo a la entrada y salida de los novios y el cortejo nupcial, inmortalizadas para el
recuerdo en colecciones de fotografías en blanco y negro que, a partir de pésimos productos y notable esfuerzo, conseguían revelar e imprimir en sus improvisados laboratorios los

fotógrafos reclutados entre los compañeros de trabajo.

Ana Gloria y Rolando se decidieron por una ceremonia sencilla a la que invitaron a unos
pocos amigos y celebraron con un almuerzo en la casona de la Habana Vieja en el que lució Herminia sus habilidades culinarias auxiliada por la novia y una negrona que se trajo consigo presentándola como su comadre. Arroz con pollo, frijoles negros, plátanos a puñetazos y ensalada mixta con pudin de pan como postre, café, un puro para los hombres y un paquete de cigarrillos Partagás para cada mujer. Todo esto pagado a sobreprecio lo mismo que los trajes que alquilaron los novios para la ceremonia.

De viaje de Luna de Miel no había que hablar porque lo único que se podía hacer al respecto era enclaustrarse los recién casados en la habitación que pudieran conseguir en el mejor hotel que estuviera a su alcance. El Capri y el Riviera solían ser los preferidos, aunque no se despreciaban el Habana Libre y el Nacional. Pero si la celebración de la boda coincidía con un evento internacional organizado por el gobierno tenían los novios que olvidar los hoteles y arreglárselas como mejor pudieran. El cliché había pasado, definitivamente, a mejor vida.

Algo pudieron conseguir, no obstante, con un poco de suerte y la ayuda celestial de San Valentín, a quien debía Ana Gloria una promesa aquel mes de febrero que salió endemoniado por cuenta de un carnaval musicalizado con las creaciones de un moreno arrabalero que respondía al nombre artístico de Pello el Afrokan. Los tambores no cesaban de tocar, noche y día. Y los paseos de madrugada, en los que intervenían carrozas y comparsas, mantenían en las calles una multitud de cantaores y bailaores, todos borrachos de ron y cerveza a granel, la última novedad en el ambiente y algo que, combinado con la alimentación insuficiente producía decenas de miles de faltas y delitos menores: tocamientos de mujeres, broncas, robos al descuido, navajazos y disparos al aire que recibían, de facto, una contundente respuesta de la policía, que no tardaba en atiborrar de detenidos los "carros jaulas" que partían de inmediato hacia las plantaciones cercanas. Porque reconsiderando su potencial oferta de mano de obra barata el gobierno, que había suprimido las celebraciones religiosas, no ponía ningún obstáculo a las paganas, convocando al hampa afrocubana y entregando las calles.

Los apagones adquirieron por entonces carta de ciudadanía y todas las noches algunas barriadas pagaban el pato en cumplimiento de la política de ahorro, justificación del gobierno para torturar de esta manera a la población. En un principio unas pocas horas, con el transcurrir del tiempo fueron multiplicándose hasta producir una situación invertida a la que el pueblo dio el burlesco calificativo de "alumbrón".

Con los apagones, además de inmersos en una desagradable obscuridad quedaban los vecinos incomunicados y confinados en sus hogares. Irse a la cama o disfrutar de la frescura de la noche en un salón con las ventanas abiertas eran dos entre las escasas alternativas al alcance de quienes regresaban del trabajo después de ducharse y cenar lo que hubiera de cena. Una visita ocasional y una noticia con protagonista entre la gente de copete, -la que rodaba Alfitas y residía en los barrios inmunes a los apagones-, amenizaba una velada que imponía la fuerza de la costumbre sobre la realidad cotidiana. Ausente el café, se le brindaba al visitante un té chino que se compraba a un "paisano" en los callejones ocultos entre Zanja y Dragones, para corresponder al regalo. Porque más importante que la noticia en sí misma lo era el mecanismo establecido para conseguirla. La de hoy podía no tener importancia, pero: ¿La de

mañana?

Ana Gloria y Rolando disfrutaban en exclusiva de la servicial Herminia -aporte de Ana Gloria al convite- y de las ocasionales y siempre extraordinariamente agradables visitas de Esteban -introducido por Rolando-. La soledad de Herminia la empujaba a buscar la compañía de aquellos jóvenes cuando se producía un apagón; pero siempre se las ingeniaba para aportar alguna golosina a la tertulia en un plan Hada Madrina que Ana Gloria le recriminaba porque le desagradaba pensar que la anciana hacía costosos sacrificios empleando sus objetos personales como piezas de intercambio.

Si la luz volvía antes de la medianoche, instintivamente se encendía el televisor que daba fin a las transmisiones de sus dos únicos canales con un telediario monográfico acerca del último discurso del Tercer Dictador de la República haciendo un paréntesis para dar lectura a un parte sobre recientes victorias vietnamita sobre el ejército yanqui. Así era de triste aquella vida llena de penurias, sin otra expectativa fuera de la entrega absoluta a la ideología impuesta por el régimen y a su líder. Los príncipes y las princesas, hijos de los dirigentes, tenían acceso a becas en el extranjero y regresaban casados con rusas, búlgaras, alemanas y checas. Los hijos del pueblo llano -beneficiarios en teoría de las prestaciones sociales que les proporcionaba el régimen- debían contentarse con el trabajo que pudieran conseguir y los refulgentes títulos de Obrero Vanguardia y Héroe Nacional del Trabajo. Todo estaba perfectamente organizado y ¡Ay! de aquel que no siguiera por el buen camino, acatando las pautas de la nueva sociedad que se construía en homenaje de los mártires de la revolución.

Las noches de apagón influían negativamente sobre muchas personas deprimidas y arrinconadas espiritualmente por el régimen. Pero eran también muchos los días dedicados a los desfiles y celebraciones. Días de chillar y aplaudir a la manera de ejercicio zen para liberar las mentes de las insatisfacciones perturbadoras, como aquella de no poder alimentar a los hijos convenientemente.

Si la luz no volvía y había que resignarse, Ana Gloria acompañaba a la anciana de regreso hasta la puerta de su casa. Herminia la despedía con un abrazo y un beso y Ana Gloria deshacía el camino reconfortada y segura. Aquel mundo se le estaba haciendo cada vez más pequeño y ella esperaba algo de la vida que no podía citar por su nombre. Algo que la colmara de felicidad o al menos estimulara sus deseos de vivir. Algo que no podía describir, ni precisar...

En aquellas veladas de media noche conversando y escuchando La Voz de las Américas, Esteban se labró una gran ascendencia sobre Ana gloria y Rolando. A sus cuarenta y cinco años, sobreviviente a tres dictaduras, poseía un profundo conocimiento del anecdotario habanero y como además transmitía mucha simpatía, sacaba siempre una sonrisa a los rostros de sus interlocutores. Herminia le aventajaba en edad y nada de lo que él decía le era desconocido, pero fue siempre la primera en afirmar que Esteban sabía decir las cosas como a ella le gustaba escucharlas.

El apocalíptico final de la dictadura machadista, los espeluznantes crímenes que se cometieron entonces, las acciones terroristas y la aplicación por las autoridades de la Ley del Talión. El batistato y sus corruptelas, el encumbramiento de la nueva oficialidad en el ejército

y el final feliz del primer período de gobierno del Mayor General como Presidente de la República elegido en las urnas... La auténtica locura de los "auténticos", el gangsterismo y sus personajes de novela y filme: Emilo Tro, Rolando Masferrer, Policarpo Soler, Eufemio
Fernández, Roberto Pérez Dulzaire, Mario Salavarría... La batalla librada en una casa de la calle Orfila en el municipio de Marianao... El proyecto para un fabuloso atentado al general Machado en el cementerio de Colón llevado al cine. El pacto suicida de una pareja de jóvenes inmigrantes polacos (¿Judíos?), encontrados cadáveres bajo el puente del río Almendares. El homicidio de Benito Remedios, quien osó pegarle a un policía que le multaba el coche. Mitos: como el asesinato y posterior descuartizamiento de una bailarina: Celia Margarita Mena Martínez quien, muchos años después y según afirmaban varios testigos aparecía en espíritu en aquella vivienda numerada 969 -¿Acaso el número de la Bestia enmascarado?-.

Sin añadir nada de su propia cosecha el realismo mágico brotaba en aquellas historias sepultadas debajo de tanta cantaleta oficial siempre abierta y cerrada con consignas de corte recto y fácil memorización. Una intencionada manera de borrar aquel pasado que había producido este presente y a sus protagonistas principales. Porque -afirmaba Esteban- entre los Muchachos del Gatillo Alegres se crió este Tercer Dictador de la República y de aquellas andanzas se sacó las ideas para esa revolución que tanto reportaje, tanto libro y tanto documental iba a producir desde que certificó su victoria.

Las ilustrativas peroratas de Esteban y los comentarios a que daban lugar sólo se interrumpían para escuchar el resumen de última hora transmitido desde Washington. A los éxitos de paisanos que lograban situarse en el american way life: actores y actrices, músicos y compositores, cantantes y deportistas, profesionales de las ciencias y las artes, se añadían noticias sobre lancheros que conseguían arribar a buen puerto: familia, imágenes religiosa y perro incluidos...

Con cuatro neumáticos de camión o cinco de automóvil, unas cuerdas de caprón y unas tablas de madera dura se podía construir una balsa lo suficientemente sólida para resistir los tres días de navegación necesarios y arribar al país de las oportunidades. El rumbo lo indicaba la mismísima naturaleza porque la corriente fluía de Sur a Norte y de Oeste a Este antes de abandonar el golfo e internarse en el océano. Cayo Hueso estaba al alcance de la mano y sus luces se apreciaban en el horizonte a la hora del crepúsculo. El momento preciso en que las embarcaciones abandonaban las aguas jurisdiccionales de la Isla.

-¡Hay que irse!, -enfatizaba Esteban, cada día que pase las cosas irán a peor-.

"LA CIUDAD EN EL HORIZONTE".

**"No temo a la muerte,
sino acabar,
horriblemente, como
un naufrago".**

Ovidio.

Las circunstancias habían impuesto una filosofía de la vida y, el más allá, adquiría para los habaneros dos concepciones igualmente valoradas. La primera, la material, se proyectaba en el más allá de los emigrantes liberados de las carencias y las prohibiciones. Y la segunda, subyacente y sometida a la voluntad de los Orishas que sacados de la circulación en su morfología cristiana por la acción coactiva y coercitiva del régimen recuperaban sus formas africanas.

Los sueños de Rolando perfilaban a un potencial emigrante mientras Ana Gloria, llevada de la mano por Herminia se arrodillaba ante el canastillero del padrino de la anciana, un negro centenario que residía en la villa de Regla.

Habitaba el babalaw una casita de mampostería en el casco antiguo y su puerta daba a un callejón de adoquines que conducía directamente al pórtico de la iglesia situada dos cuadras más hacia el centro que fijaba el parque del poblado. Compartía el anciano su humilde vivienda con las imágenes, reservándose un espacio muy reducido de la única habitación donde había instalado el canastillero, nombre que se da en la Regla de Ocha al altar consagrado a la deidad protectora, en este caso: Elegguá de los Caminos, dueño de la visión de futuro más esclarecedora.

Las ciprés rodaron sobre el tablero de Ifá y el hombre le preguntó a la muchacha su fecha de nacimiento. Ana Gloria le respondió y se produjo una pausa durante la cual el santero aparentaba estar muy concentrado y después, dirigiéndose a Herminia afirmo: -"Ella es de Yemayá.

El mito de la Reina de los Mares parecía estar vinculado a la historia de la faraona Hatsesut,

perfectamente asequible a un pueblo de origen nilótico como lo era el yoruba; pero en Cuba
nadie establecía esta relación y el interés de los creyentes se centraba en procurarse la protección de la santa para aventurarse en sus aguas, por el motivo que fuera. A muchos
balseros despidió el anciano. Los que llegaron remitieron su agradecimiento. Los que murieron se presentaban frecuentemente en su casa, hablaban a través de los médiums y pedían que les alumbraran el camino hacia la paz eterna. Y los ametrallados por los guardas de fronteras -castigo que les llegaba desde arriba- clamaban venganza. Los niños ahogados vagaban en el limbo de los inocentes, mientras los demás, hombres y mujeres, jóvenes y viejos, lo hacían aterrorizados en la obscuridad impenetrable.

Instruida previamente por Herminia, Ana Gloria no pronunció una sola palabra, pero el viejo lo vio todo muy claro en un momento. Destino de mujer fatal, ambivalente, plagado de dificultades y esporádicos lapsos de placer gratificantes. Una hija de Yemayá que sin haber antes profesado estaba envuelta en el proyecto de abandonar la Isla que le vio nacer. Su aura transmitía optimismo y la agradable sensación al contacto que siempre transmiten las almas nobles; pero nadie podía depender de su propia naturaleza para garantizarse el éxito en una aventura en la que se arriesgaba la vida. Debía, antes, hacerse el santo. Profesar a Yemayá...

Pero el viejo se lo guardó todo, limitándose a recomendarle unos baños con agua de colonia y agua de vetiveria. La fuerza del destino -pensó- iría dibujando sus situaciones y para él no iba a ser esta la última despedida a alguien que le hubiera pedido su bendición. Ya para entonces el mar había devorado a muchos amigos, conocidos de un día y muchos otros a los que contactó después de morir cuando se presentaban en las misas espirituales. Porque para quienes partían sobre una balsa de neumáticos y tablones sólo había tres posibilidades: la muerte, ahogados o tiroteados por los soldados; la prisión, si eran sorprendidos al partir o capturados en alta mar y el triunfo, que significaba arribar a buen puerto.

De regreso a casa, después de cruzar la bahía en una de las lanchas para ese menester dispuestas desde hacía dos siglos, Ana Gloria invitó a una merienda en el Ten Cent de la calle del Obispo donde ofertaban un aceptable sucedáneo de la Coca Cola y unos emparedados de pasta de grato sabor al paladar.

-Esto es lo cuanto nos queda -dijo Herminia-. Estamos en los estertores de la agonía.

Ana Gloria se divertía mucho con ella. La diferencia de edad, más que alejarlas, las acercaba; porque se complementaban en muchos aspectos la una con la otra. Herminia procedía de una familia patricia y todos, menos ella, habían abandonado el país: los unos, camino del otro mundo, los otros, volando a Miami sin boleto de regreso. Ella se quedó, negada a abandonar a su marido enfermo y nunca se arrepintió.

Abandonar el país natal implica muchas consideraciones. Adentrarse en el mar, sin una experiencia previa, en una embarcación improvisada parecía una locura. ¿Hasta cuáles extremos entonces se hacía insoportable aquella vida de privaciones y miserias, represión y asfixia moral, que incitaba a sus víctimas a esta desesperada aventura?

La colaboración de una cuarta persona era imprescindible. Sobre la cama del camión,
ordenadamente colocadas, estaban todas las piezas del puzzle. El camión abandonó la

carretera y se adentró por un sendero en la espesura de un pinar que ocultaba la playa. Ante ella se detuvo y permaneció inmóvil hasta que, entre los cuatro, consiguieron descargar todas las piezas, situándolas en orden sobre la arena. Solo entonces su conductor se despidió con un estrechón de manos a cada uno antes de sentarse al timón y poner en marcha el motor del vehículo que muy pronto recuperó la pista asfaltada y se perdió de vista.

Caía la tarde.

Los dos hombres rodaron los neumáticos de automóvil hasta la orilla del mar y la mujer les fue alcanzando los pedazos de cadena forrados de plástico que colocaron como uniones hasta conseguir un cuadrilátero con los neumáticos firmemente unidos. Cada pedazo de cadena se afirmaba con un candado y los eslabones de las puntas se unían con unos perros de los habitualmente utilizados por los electricistas. Después colocaron las tablas, cortadas a medida y las unieron con dos listones y unos gruesos y largos tornillos de bronce. Por último extendieron sobre el conjunto una red de caprón de las habitualmente empleadas por los pescadores que había sido preparada para darle este uso y traía atados a los bordes unos cabos del mismo material que sirvieron para atarla firmemente a los neumáticos. Tocó entonces subir a bordo los remos, la garrafa de agua potable, los alimentos y los abrigos y después se acomodaron los tres sobre la arena húmeda para tomarse un descanso.

Estaba obscureciendo de prisa; pero se podían distinguir los objetos, y las luces artificiales a lo largo de la costa se reflejaban en la superficie del mar.

-¿Nos vamos? -preguntó Esteban, irguiéndose sobre las rodillas-.

-Nos vamos ,-respondieron, al unísono, Ana Gloria y Rolando.

Empujaron la balsa hasta el agua y la abordaron cuando tuvieron las olas a la altura del pecho ayudándose entre sí hasta acomodarse los tres sobre la superficie de aquel estrafalario artefacto. Ana Gloria se tendió, boca abajo, entre los dos hombres y estos esgrimieron los remos y comenzaron a remar al compás de las olas, sin prisa, economizando las fuerzas y aprovechando la ayuda de la corriente que los empujaba mar afuera.

Cayó la noche.

El golpe de las olas producía un sonido equilibrado y monótono que absorbía el silencio y le imprimía un peculiar movimiento a la balsa. A pesar de la frialdad del ambiente los dos hombres comenzaron a sudar copiosamente. Ana Gloria les alcanzó la garrafa llena de agua dulce rociada con zumo de limón, un agregado muy eficaz para combatir la sed. Mientras bebían, Ana Gloria les friccionó los hombros empleando una brillantina de pelo gruesa que se vendía en las tiendas de La Habana. Después volvieron los dos hombres a su tarea, en silencio, poseídos por la fuerza que les daba el propósito que se habían trazado en un principio: superar las doce millas náuticas, límite de las aguas jurisdiccionales, para recibir al sol del nuevo día en las internacionales.

El Canal Viejo de la Bajamar continúa siendo la única ruta posible para los buques de gran porte que vienen o regresan desde La Florida al Mar Caribe. Bastaba entonces contactar con alguno entre ellos para ahorrarse el gran esfuerzo que significaba remar hasta Cayo Hueso. Rolando y Esteban habían estudiado en todos sus detalles esta aventura y ambos tenían confianza en las muchas posibilidades de triunfo en aquel empeño. Cuando la luz del sol quitó el brillo a la luna y borró el reflejo de las luces de la ciudad en el horizonte, las aves

marinas se presentaron con sus re-vuelos y graznidos sobre la aislada balsa y sus agotados tripulantes y la silueta de un cargo se perfiló en la lejanía. Una sonrisa de satisfacción marcó entonces los rostros de los tres balseros.

Arrodillada ante el altar de la Virgen de Regla, Herminia apenas podía ya rezar, agotada por el esfuerzo que significó para ella la vigilia que la ocupó toda la noche, la mayor parte del tiempo en aquella posición. Era así como quería contribuir al éxito en la aventura de sus amigos, acatando una vez más el triste destino de verse reducida a la más absoluta soledad. Pero estaba muy orgullosa del sacrificio que hacía. La última de su estirpe, ahora custodiaba un secreto valorado en la vida de tres personas, apreciados amigos que la habían ayudado a sobrellevar sus pesares.

La luz del sol del amanecer llenaba casi toda la estancia cuando la mano derecha del santero se posó sobre su hombro izquierdo. Herminia se volvió, le miró a los ojos y después se irguió y se encaminó hacia la puerta. Sobre la mesa, en la habitación contigua, estaba servido un desayuno de café con leche y pan con mantequilla. La anciana tomó asiento y, antes de probar bocado, dio gracias al cielo por mantenerla viva y saludable y hacerla partícipe de tantas vivencias enriquecedoras. La voz del santero rompió el silencio:

"Yemayá asesú
asesú Yemaya

Yemayá olobdo
Olobdo Yemayá..."

Recitó los versos del cántico sin imprimirles entonación alguna, inclinado sobre el tablero de Ifá, atento a la lectura de los caracoles y a la parábola que le indicaban.

-"De amores con Argayú nació Changó. Yemayá, su madre, no lo quiso y lo abandonó al nacer, dentro de un cesto, sobre las aguas del río. Pero Changó no murió; porque Obbatalá que paseaba por el río lo recogió y lo crió. Así protegido Changó creció y se hizo un joven apuesto.

-¿Quién es este hermosos joven? ,-preguntó Yemayá cuando lo vio por vez primera. Quería seducirlo.

-Es tu hijo Changó -intervino Obbatalá-. Ya es hora de que lo reconozcas.

Herminia terminó su desayuno. Prefería ignorar el mensaje que entrañaba aquel patakin.

Transcurridos tres días comenzaron las indagaciones que hicieron de Herminia blanco de
preguntas y miradas indiscretas. Los de la casona habían desaparecido por arte de magia y la ausencia de la hermosa Ana Gloria se hacia notar en el ambiente diurno de la cuadra. Del

trabajo de su marido vinieron a preguntar qué le pasaba y el Comité de Vecinos encargado de la vigilancia inició las pesquisas participando a la policía lo poco que había podido averiguar.

Pero Herminia se encerró en un castillo de silencio. Nada sabía, nada decía y nada quería saber de aquellas patrañas. Después de registrar minuciosamente la vivienda, los inspectores colocaron un gran sello de papel en la puerta de la casona de Ana Gloria. Eso significaba que ahora, el nuevo propietario lo era el Estado y que los anteriores habían perdido sus derechos a recuperar este inmueble.

Todas las noches y con mucha discreción, siguiendo las instrucciones de Rolando, Herminia sintonizaba la Voz de las Américas y, sin elevar mucho el volumen para evitar los vecinos se percataran de ello, escuchaba, una y otra vez, los resúmenes de noticias que cada media hora se repetían y habitualmente anunciaban la llegada o el naufragio de alguna embarcación. Pero la radio no ofrecía noticia alguna de sus amigos y la anciana comenzó a perder las esperanzas y la asaltó el temor de que no hubiera terminado bien aquel viaje.

El cuarto día después de la partida de sus amigos volvió a Regla, pero no visitó al santero. Tiró en cambio por el callejón que conducía a la iglesia. Iba a cumplir la promesa que acordó con Ana Gloria: llevaba un hermoso ramo de flores y lo colocó a los pies de la imagen de la Virgen.

SEGUNDA PARTE

"LA REALIDAD ABARCADA".

"UN HOMBRE DECIDIDO".

"Argüí (no menos sofisticadamente)
que mi felicidad
cobarde probaba
que yo era hombre
capaz de llevar
a buen término la aventura".

Jorge Luis Borges

Esteban Leal fue una tarde por tabaco a la tienda de la esquina de su casa y estuvo desaparecido quince días. El día diez y seis un agente de la Seguridad del Estado visitó a su hijo Ernesto y le comunicó que su padre estaba detenido. Había tratado de escapar de la Isla en una balsa auxiliado por una pareja de jóvenes -chico y chica-, circunstancia que esgrimió el Fiscal del Estado para endosarle toda la responsabilidad intelectual en aquel delito contra la integridad de la nación cometido por el trío.

Le cayeron cinco años de privación de libertad que cumplió a medias, después de acogerse al programa de rehabilitación de reclusos acometido por el régimen y cuyos beneficios conseguían aquellos que efectuaban una retractación pública de sus ideas, el reconocimiento por escrito de los errores cometidos y la disposición a superar sus deficiencias ideológicas. En la zafra de la caña de azúcar le ofrecieron un empleo y su oficio de electricista lo libró del duro bregar en los campos a los que, en cambio, estaban destinados los hombres de ciencias y de letras y los militares del antiguo régimen puestos en libertad después de la clausura del Presidio Modelo y los campos de concentración en la península de Guanacabibes. Hombres que, por saber más, eran más peligrosos.

Pero no quedaron exentos sus dos jóvenes cómplices del merecido castigo y fue así que le cayeron a Ana gloria dos años en la cárcel de mujeres de Guanabacoa y tres de internamiento a Rolando en el reformatorio para jóvenes de Guanajay. Esteban supo que les habían puesto a los dos en libertad cuando todavía él cumplía condena y se reprochó, una vez más, el fracaso de aquella aventura que había planeado detalladamente y se les fue de las manos por un descuido imperdonable.

"Zarpar con la puesta de sol es habitual en los planeamientos de los balseros, porque la idea es adelantar mucho trecho amparados por la obscuridad de la noche. Pero el agotamiento los venció antes de lo previsto y el infortunio les llegó con el amanecer cuando confundidos pidieron ayuda a
un mercante ruso que se aproximaba tomándole por carguero americano..."

Las celdas de Villa Marista habían perdido su misticismo desde que se instaló allí la Dirección Nacional de la Seguridad del Estado. Ahora la quinta estaba rodeada de una alta reja de hierro y en cada una de las esquinas de su perímetro rectangular se alzaban torres con garitas en las que se apostaban los centinelas. Con un campo de base ball que podía observarse desde las calles circundantes se pretendía suavizar la imagen del siniestro lugar; pero eso no era suficiente para reconducir la opinión general y cambiar los testimonios de los que por allí habían pasado en calidad de prisioneros.

Esteban Leal fue encerrado en una d aquellas celdas limpias, frías y totalmente incomunicadas. Un retrete a nivel del piso y el chorro de agua que brotaba de un agujero en la pared constituían todo el mobiliario sanitario y una bombilla que se encendía y apagaba desde el exterior, empotrada en el techo, marcaba a capricho de los celadores las horas diurnas y nocturnas, si así quería considerarlas el prisionero. Como se declaró fumador le entregaron un paquete de cigarrillos, pero no le dieron cerillas con el propósito de hundirlo en un estado de ansiedad insoportable. Mas Esteban consiguió hacer fuego alzándose sobre el camastro y aplicando la punta de un cigarrillo a la bombilla encendida. El guardia que detectó la burla espiándole por un agujero frunció el ceño, abrió la puerta y ordenó al prisionero en tono severo: -Vamos. ¡Afuera!

Sentado detrás de un escritorio en una oficina desnuda un teniente mulato asintió con un gesto al verle entrar y le señaló con el brazo derecho extendido una silla que completaba el escaso mobiliario. Dijo llamarse Braulio y le informó era el oficial encargado de su caso. Le pidió refiriera los hechos, sin prisas, para no omitir detalles y le recomendó lo hiciera con la mayor exactitud posible porque esto le facilitaría asumir su defensa ante el tribunal revolucionario que habría de juzgarle.

Esteban comprendió que debía desvincular su intento de abandonar el país de cualquier valoración política en contra del gobierno -irse por la tangente, tal como recomendaba la sabiduría popular en el refranero criollo-; abstenerse de ampliar la información con consideraciones subjetivas.

-¿Cómo surgió la idea? -le preguntó el teniente-.

Esteban cerró los ojos.

-¿Cómo se desarrollaron los hechos? -le preguntaría más adelante el recluso que hacía de Secretario de Actas en la galera destinada a los presos que el gobierno se negaba a reconocer como políticos; pero así reconocidos por los organismos internacionales.

-¿Cómo fueron los hechos?... La puerta de hierro que daba acceso al comedor se cerró tras él, con estrépito, y un tintineo de llaves delató el recorrido del guardián de prisiones en su retirada al acuartelamiento de la guarnición.

-Nada significativo -le respondió Esteban-. Simple y llanamente traté de escapar de la Isla y me atraparon.

El recluso Secretario de Actas cerró el cuaderno, se guardó el bolígrafo y le tendió la mano. Esteban la estrechó.

Mientras se adaptaba al penumbroso y húmedo ambiente de las galeras subterráneas en la fortaleza de San Carlos de la Cabaña le tocó dormir en el suelo y ocuparse en los baldeos que se ordenaban de madrugada hasta que una cordillera de presos absorbió a muchos de sus

compañeros de inquilinato y pudo hacerse con una litera y una colchoneta que, dadas las circunstancias, se constituían verdaderos privilegios.   Ya   para   entonces   estaba   acondicionado psicológicamente y las leyendas de otros reclusos ocuparon lugar en su memoria.   Le dijeron podía llegar a conocerlos en uno cualquiera de los periódicos traslados a los que estaban todos ellos sometidos y esto, con la curiosidad, aumentó su autoestima.

Los nombres de los comandantes Matos y Menoyo "sonaban"; pero más que de ellos se hablaba entre los reclusos de los muertos afuera y dentro de la prisión.   Porque "esta gente" sabe administrar la muerte con insuperable habilidad, en múltiples formas, atentos a procurarse con ella algún beneficio.

-Pongamos por caso -le explicaba un ex-coronel del ejército derrotado, capturado y condenado: el comandante Camilo

Cienfuegos. Desapareció sin dejar rastro y: -¿Quién ocupó la vacante?

-Discrepó y desobedeció ciertas órdenes relativas al pronunciamiento de Matos -añadió Esteban, porque era eso lo que todo el pueblo conocía-. El mismo pueblo que arrojaba flores al mar en conmemoración suya.

-¡Así es! -exclamó el ex-coronel. Ahora utilizan su nombre como gancho para movilizaciones y simultáneamente alejan las incógnitas en torno a su desaparición.

-¿Y qué me dice usted de algunos otros? -dijo el ex-coronel, interrogándose a sí mismo para después desarrollar su planteamiento.

-¿Está enterado usted del infame tratamiento que sufrieron los presos políticos en el Presidio Modelo? ¿Ha escuchado usted hablar de Tony Cuesta y Armando Valladares?

Y ante el silencio de Esteban que sólo respondía con movimientos de cabeza.

-Pues, a partir de ahora, va usted a conocer muchas cosas y este aprendizaje le ayudarán a superar el mal momento inicial, que es este de su ingreso en prisión.

El hombre entonces se despidió y Esteban se fue a su camastro sentándose sobre uno de sus bordes. Las palabras del ex-coronel vibraban en su subconsciente. La revelación de otra vida ajena a la percepción del ciudadano temerosos de las leyes "revolucionarias", lo tenía consternado.

Tony Cuesta quedó ciego tras un infortunado intento de suicidio y Armando Valladares escribía poemas en etiquetas de latas de leche condensada que salían del presidio con la colaboración de algún soldado resentido y la audacia de su mujer que aprovechaba cada una de las visitas conyugales para llevar y sacar de allí noticias.

A Tony Cuesta lo envolvió el silencio y durante muchos años la opinión pública nada supo de sus aventuras y posterior calvario. Armando Valladares era otro perfecto desconocido y sólo veinte años después de su ingreso en prisión fue que las agencias de prensa internacionales se ocuparon de su caso, en atención a los esfuerzos que, por divulgarlo, realizó su fiel Martha. Tony Cuesta, al mando de los Comandos L, había desembarcado, una noche fría y obscura de invierno habanero al Oeste de la ciudad en el arrecife conocido como Monte Barreto. No sabía, entre sus compañeros, estaba infiltrado un traidor y mucho menos sabía que todos los detalles de su plan eran conocidos por los servicios secretos del régimen. Pero el combate

que costó la vida a todos sus acompañantes -incluido el espía-, enviándole gravemente herido al hospital, se inició de improviso cuando un estudiante que hacía una guardia rutinaria en las proximidades disparó una ráfaga de metralleta contra aquel extraño grupo que advirtió en la penumbra.

Armando Valladares sobrevivió a todas las cárceles, a sus carceleros, a sus métodos carcelarios y a las crudas y prolongadas huelgas de hambre en las que se empeñó. Negado al "plan de rehabilitación" y a vestir el uniforme de preso común, como todos los presos "plantados" soportó muchos inviernos casi desnudo. Tony Cuesta extinguió su condena, fue liberado y marchó al exilio en el mayor silencio,- los altos poderes de este mundo no gustan de los hombres incontrolables-. Armando Valladares cumplió también, íntegramente, su condena y recobró la libertad después de asistir en la muerte a muchos de sus compañeros. Su destino le reservaba otras misiones.

Pero en la cárcel continuaban pudriéndose otros luchadores, pensadores, escritores... Parecía ser este el precio a pagar por el libre ejercicio del pensamiento y la libertad de expresión. Se pasaba hambre y las palizas marcaban el ritmo de lo que sucedía en el exterior. El maltrato a los presos sintonizaba con los vaivenes de la situación política internacional. Si una amanecida llegaba con golpes y humillaciones eso significaba que, unas horas antes, el régimen, había sufrido un golpe o se había sentido seriamente amenazado.

Esteban Leal sólo cumplió un año de prisión en régimen de confinamiento porque se acogió al "plan de rehabilitación" que incluía una reducción de condena. Cumpliría otros dos en una "granja abierta"en una localidad rural denominada Manga Larga, dedicada al cultivo experimental de caña de azúcar.

Esta decisión suya le fue recomendada por el ex-coronel que, más que un simple compañero era ya para entonces un buen amigo suyo.

-A nadie, amigo Esteban, le agrada estar preso,- sentenció el ex-coronel que cumplía, él mismo, una condena de treinta años de cárcel-. ¿O es que acaso aspira usted a la Presidencia de la República?

En Mangalarga lo peor lo eran los mosquitos que aprovechaban las bajas temperaturas nocturnas para campear a sus anchas; pero la situación de Esteban Leal había mejorado y gozaba de libertad en sus desplazamientos laborales, los únicos a los que estaba autorizado. Su oficio de electricista le evitó los cañaverales y le proporcionó mucho trabajo en el batey del ingenio de la comarca sin imposición de horario. Un regalo del cielo después de las amargas experiencias del "rastrillo"y las galeras del castillo.

El día que tuvo en sus manos la "Carta de Libertad" procuró agenciarse una camisa, pues no tenía más ropa que el uniforme de recluso al que ya estaba acostumbrado. Un camionero del lugar aceptó llevarlo en un viaje que debía hacer a La Habana y así fue como, sin un céntimo en los bolsillos y una barba de dos días se plantó ante la puerta del hogar de su hijo Ernesto al que, sorprendido, le saltaron las lágrimas antes de estrecharlo con un fuerte abrazo.

"EL CRIMEN DE SER HERMOSA".

"Por ese cuerpo ornado de belleza
tus ojos soñadores y tu rostro angelical.
Por esa boca de concha nacarada
tu mirada imperiosa y tu andar señorial."

Danzón

Cuando se vio caminando libremente por las calles después de dos años de confinamiento y sutiles torturas psicológicas Ana Gloria no podía dejar de sonreír y todo le parecía genial, incluso los destartalados automóviles americanos conducidos por hombres jóvenes que la piropeaban al pasar. Había perdido la casona, su amiga Herminia había muerto y su último recurso fue instalarse en el cuartucho de la calle Corrales en ausencia de Rolando que todavía cumplía condena.

Su nuevo círculo de amistades se reducía a dos personas con las cuales había intimado en prisión. Isis, una profesora de canto acusada en su momento de conspirar contra los poderes del Estado y Nicia, una contrabandista, lesbiana confesa, que nunca se pasó de la raya y siempre la trató con respeto y singular distinción, porque la consideraba "presa política". Isis era bajita, trigueña y bien formada. Nicia una voluptuosa mulata de pechos y trasero generosos, un tesoro que había conseguido conservar a pesar de la mala alimentación que sufrían en la cárcel.

La casualidad quiso fueran puestas en libertad el mismo día y una orden ministerial selló el vínculo que hasta aquel entonces las había identificado: un irrefrenable deseo de vivir, algo en este país considerado: desviación ideológica propia de los desclasados. Nicia había sido sorprendida en posesión de cinco libras de frijoles negros. La guagua en la que viajaba fue detenida a medio camino entre el campo y la ciudad. Se sabía que los habaneros intercambiaban con los campesinos artículos manufacturados por viandas y granos y esto significaba incumplir ciertas órdenes - ¿Leyes?- emanadas de los altos poderes. Pero la profesora de canto solía hablar mal del gobierno y esto se consideraba siempre una falta a expiar con un merecido castigo, cuando no grave delito si se hacía en reuniones de familiares y amigos mayores de edad. La divulgación de "bolas contrarrevolucionarias" que trataran con sorna la actuación del gobierno, sus leyes y decretos, y pusieran en tela de juicio el respeto a los derechos humanos en este país - tema tabú, que tenía la particularidad de irritar

al mismísimo Tercer Dictador de la República- se constituía un grave delito que no podía dejar de ser juzgado y condenado. Y aunque lo de las bolas se explicara por la absoluta ausencia de información no manipulada por el gobierno, siempre le venía como anillo al dedo a las autoridades localizar en algún lugar a un sospechoso que sirviera de chivo expiatorio y asentara con el ejemplo la advertencia. La profesora de canto sufrió el acoso de las turbas que rodearon su vivienda, le cortaron el agua y la luz, y la atormentaron con megáfonos que amplificaban consignas, insultos y blasfemias. En su recorrido en auto-patrulla desde su casa a la estación de policía más próxima fue golpeada y sometida a terribles torturas psicológicas. En los tribunales fue acusada por "la defensa" y finalmente condenada recibió "una beca" en la cárcel de mujeres.

De regreso a la libertad Isis y Nicia se fueron a vivir juntas y eso corroboró una lejana sospecha que había estado alimentando Ana Gloria. Pero no por ello dejaron de tratarla y, todo lo contrario, le brindaron apoyo moral y ayuda en aquel crucial reencuentro con la soledad y el desamparo. Así que, en los peores momentos, no le faltaron alimentos y unas prendas de ropa. Rolando permanecía en chirona y ella tenía, otra vez, que enfrentar la vida en solitario. Ahora le tocaba pensar y hacer.

Volvió a frecuentar lugares que ya tenía olvidados: el solarium del hotel Riviera y la barra del Floridita en la que trenzó su idilio con aquel marinero. -¡Dónde estaría él ahora? ¿En Hong Kong? Nunca ocultó su admiración por el Lejano Oriente. Culpaba a Jack London por haberle inducido a embarcarse y al Lord Jim, de Conrad, por empujarle al Océano Índico. Decía que ningún hombre podía presumir de marino sin antes navegar en un velero, superar los dos cabos y visitar China. ¡A China se iría ella, sin pensarlo dos veces, con tal de abandonar aquella Isla maldita! Pero en un bar como ese, una mujer que bebía sola y se pagaba las copas terminaba por llamar la atención del "seguro de turno" y de los extranjeros de paso que la devoraban con los ojos y le hacían proposiciones vergonzosas con gestos y en silencio, enterados acerca de todo lo que estaba, o no, prohibido, en la alucinante realidad de aquel país.

Isis y Nicia la introdujeron en "los negocios", eufemismo que empleaban los habaneros para referirse a la compra y venta de objetos de uso doméstico, cosmética y alimentos enlatados. Se consideraba un negocio la compra, venta y reventa de una libra de café, una caja de cigarrillos, una gallina o una prenda de vestir usada. Isis y Nicia se abastecían de proveedores bien escondidos a las miradas de los soplones: funcionarios del régimen que viajaban al extranjero, artistas del espectáculo, empleados de las embajadas, turistas que llegaban a la Isla trayéndose cargamentos de ropa interior femenina y encargos de los exiliados para sus familiares. El toma y daca de los negocios a espaldas de las autoridades se había institucionalizado y nadie podía prescindir de este servicio.

A su regreso Rolando la encontró ocupada en estos menesteres. Y como ella disponía, a la sazón, de unos pesos, se organizó una cena a la que invitó a sus dos nuevas amigas. Desgarbado y flacucho, el joven era el testimonio viviente de sus tribulaciones: Villa Marista, Guanajay, Kilo Siete, una granja abierta ... Como "todo el mundo" en aquel caso sufrió de torturas psicológicas, golpes y confinamientos extremos hasta ceder y acogerse al "plan de rehabilitación". Su historia no añadía nada a lo que ya se sabía, pero su regreso devolvía la alegría a una Ana Gloria hasta entonces entristecida en lo más profundo de su ser.

Pero una ausencia de dos años pesaba demasiado. Herminia -¡La pobre!- descansaba en paz. La casona estaba perdida. Y ahora ella y él, los dos, marcados para siempre, sólo podían aspirar a una existencia marginal.

Los excompañeros de trabajo Rolando, amigos de francachelas y jolgorios, habían desaparecido por arte de magia y sólo alguno que otro entre los conocidos en la prisión se acercaban ocasionalmente a saludarle.

La nueva situación les afectaba y preferían permanecer en casa la mayor parte del día y apenas salían a la calle por razones concretas. Empleaban el tiempo amándose, conversando entre jaiboles e improvisando platos con los alimentos que pudieran conseguir.

El sexo era un buen entretenimiento después de aquella forzada separación y Ana Gloria lo asumía con cierto aire profesional derivada de sus anteriores experiencias amatorias. Tardaron algún tiempo en conseguir sintonizar en el acoplamiento. Algo que ambos atribuyeron a la influencia negativa de la prisión; pero se lo impusieron y recuperaron, con la frecuencia, la intensidad.

Después Rolando se hizo cargo de las labores domésticas mientras Ana Gloria se ocupaba "en resolver" el pan nuestro de cada día.

Una fórmula que estaba de moda: el hombre en la casa y la mujer en la calle. Una división del trabajo -en palabras de Federico Engels- impuesta por las circunstancias económicas. Algo que ya no escandalizaba a nadie porque también los exiliados enviaban a sus mujeres en visitas a la Isla que ellos mismos, -los muy machos-, prudentemente evitaban. Una mujer hermosa, en La Habana, nunca encontraba impedimento alguno a lo que quisiera hacer.

Pero muy pronto, el uso y abuso de esta estrategia provocó perdiera su carácter de divertimiento y encareció el precio que debían pagar, por los favores, las muchachas. Y detrás de las leyes de oferta y demanda llegó a la ciudad la más sórdida prostitución.

El escenario público quedó entonces en poder de las "jineteras", chicas jóvenes con y sin formación cultural que asumían con asombrosa naturalidad el ejercicio de la profesión más antigua del mundo, para poder llevar algo a la boca de sus padres ancianos y sus hermanos pequeños.

Las cantinas de los bares, los restaurantes y los hoteles estaban siempre llenos de mujeres hermosas y los padres, los hermanos y los maridos dejaron de cuestionar la procedencia de los alimentos y artículos de primera necesidad que llegaban a sus manos como caídos del cielo. Con la complicidad de sus hombres, las mujeres asumieron el control de la situación, sacrificándose como siempre lo habían hecho a lo largo de la historia.

Isis y Nicia la introdujeron en los nuevos ambientes de los centros turísticos que ahora proliferaban por cuenta del oro foráneo. Un segundo impulso en la operación inversora que desbordó al turismo inicial, politizado, y abrió las puertas al masivo, abarató los precios
y aumentó los dividendos de los inversores extranjeros. Pero el régimen pagó también su precio y las revistas del corazón, la

lencería fina, los filmes pornográficos y los narcóticos, se instalaron como novedades mal venidas.

Sin escandalizar a los puristas del régimen silenciados en su cobardía, todas las exclusiones
fueron aplicadas al pueblo limitándose el acceso a los hoteles y a los espectáculos diurnos y nocturnos de una manera muy simple: la entrada se cobraba en moneda convertible.

En estas circunstancias, los ambientes de la bohemia se habían replegado a salones privados y reuniones secretas en las que servían cenas increíbles, se fumaba hachís y se vendía sexo en sus múltiples variantes: homo, hétero, lésbico y transexual; polígamo y poliándrico. Isis y Nicia se desenvolvían muy bien, empleaban sus contactos para conseguir invitaciones y se toleraban sus mutuas infidelidades. De ellas aprendió Ana Gloria a sobrevivir en la modernidad recién llegada a la ciudad que un buen día la vio nacer.

Pero los extranjeros se interesaban además por libros viejos y obras de arte, siempre dispuestos a comprar a particulares. En las "diplo-tiendas" adquirían lo que se pidiera a cambio: electrodomésticos, licores, alimentos, calzado y ropa, cosmética. Isis y Nicia la presentaron a Martínez, un pintor mariquita que unos días más tarde la presentó a Deborath, una ricachona francesa que viajaba de incógnito y tenía debilidad por las muchachas guapas. La francesa la invitó a un almuerzo en uno de los nuevos hoteles en el que se hospedaba y Ana Gloria la siguió, como hija devota, del restaurante al lobby, del lobby al ascensor, y del ascensor a la suite.

"DESLUMBRADOS POR LA REALIDAD".

**"...entra en la ciudad, allí se te dirá
lo que tienes que hacer".**

Hechos.

Hijo de madre soltera en una época en la que esto estaba mal visto, Rolando conoció de niño las privaciones de la gente humilde. Su madre lo arropó en solitario y ya adolescente fue que conoció a su padre, un cantante de géneros populares que por su edad avanzada debía contentarse con integrar el coro de una orquesta ambulante.

Rolando vislumbró entonces su advenimiento al mundo, lamentable consecuencia de una aventura en el curso de una gira; pero aceptó su destino sin resentimientos y su padre correspondió enseñándole, en unas pocas lecciones a cantar y a bailar.

El día que recibió la noticia de su muerte la infancia de niño descalzo y el lejano batey en Victoria de las Tunas pertenecían a un pasado que no quería recordar, y enganchado a la revolución: la boina calada hasta las cejas y el traje de miliciano tan limpio como descolorido, se ocupaba en habilitar el cuarto que había conseguido agenciarse en la capital. Una ciudad a la que llegó por vez primera en aquel tren cargado de brigadistas convocados para a celebrar la gran victoria contra el analfabetismo e hicieron campamento en los institutos y las escuelas.

Aunque la única instrucción que recibió a partir de entonces y durante muchos meses fue la de infantería, los paseos por la ciudad los fines de semana y los continuos descubrimientos de atracciones y espectáculos dispararon sus afanes de superación y el interés por llegar a ser alguien en la vida. Así fue como aceptó sin vacilar una oferta de estudios, matriculó en la Escuela Militar y recibió el beneficio de una habitación en alquiler.

Fue un destacado cadete que tuvo la desgracia de dislocarse las vértebras durante la ejecución de una maniobra. Le dieron la baja con tres meses de sueldo y después de un prolongado tratamiento se dispuso a trabajar y, avalado por su excelente historial al servicio del régimen, recibió un destino en la antesala de la nomenklatura y pudo disfrutar de ciertos privilegios

negados al resto de los mortales: un vehículo automotor con combustible y asistencia técnica en los talleres estatales y una casa en la playa durante las vacaciones.

Hasta aquí todo muy bien; pero el punto de inflexión llegó a su vida con el fracaso de un proyecto que le ocupó voluntariamente en largas y muy duras jornadas agrícolas. El café Caturla, la variedad escogida personalmente por el Tercer Dictador, a cuyo cultivo dedicaron sus esfuerzos decenas de miles de personas, afectas, desafectas, y convencidos revolucionarios -como él- que cambiaron transitoriamente de puesto de trabajo con el propósito de colectar "méritos" al servicio de la causa.

Este fue el gran proyecto denominado: Cordón de La Habana. Una plantación que envolvía la ciudad encerrándola en un círculo de campos roturados, en principio grises, pero prestos a aportar verdor y frescura al paisaje y una producción importante de un producto muy bien cotizado en el mercado. Pero el fracaso estaba impreso en la orden que no tomó en cuenta la opinión de los expertos. Actitud que se repetiría, una y otra vez, en diferentes y múltiples empresas, para regocijo de los oportunistas y decepción de la gente buena y honrada.

Rolando asumió a partir de entonces la pose generalizada de una entrega absoluta a la causa, sin dejar de aplicar un ojo crítico a cuanto acontecía. La simulación en la lucha por la vida empleada como defensa en aquella situación de agitación social creada por las actividades de consigna: el reclutamiento forzado para juegos militares; los días de descanso dedicados al trabajo voluntario; las guardias nocturnas a las que citaba el "Comité"; las donaciones de sangre; la recogida de materias primas y "la actualización de los murales" en las calles, las escuelas, los hospitales y las fábricas...

Siguiendo este orden de actividades se computaba la participación de cada ciudadano,
premiando a los campeones con el derecho a la adquisición de un electrodoméstico. El triunfo del desamor se patentiza en aquellas patéticas asambleas "de méritos y desméritos" en las que se contrastaba el desempeño de los aspirantes. A veces se elevaba el tono de las discusiones y, a Rolando estas escenas lo entristecían, porque estaba dotado de una fina sensibilidad y le resultaba degradante semejante festival de miserias.

Cuando se encontró con Ana Gloria ya había dejado atrás las limitaciones impuestas por el adoctrinamiento. Cultivaba la amistad de Esteban, un "antisocial", a la vista de todo el mundo y además de bailar y divertirse siempre que le era posible en algún club o algún cabaret, se apuntaba a comilonas guajiras invitado por sus muchos amigos.

La frustración moral lo empujaba a seguir aquel rumbo que siempre, al final, lo sacaba de la mortaja. Observaba desde su nueva perspectiva como aquellos que continuaban creyendo en lo que él había dejado de creer se vigilaban entre ellos con más celo que a sus enemigos ideológicos. En la praxis el refrán: -"Cuídame Dios de mis amigos que, de mis enemigos, me cuido yo". El informe de la superioridad de un amigo cercano poseía siempre el poder destructivo de una bomba de profundidad.

La aventura con el nombre de Ana Gloria adquirió muy pronto para él singulares matices porque ambos habían vivido ya lo suyo y eso les hacía sopesar las causas y los efectos de una decisión asumida impulsivamente en la intimidad. Así fue y se lo pensaron muy bien antes de

concertar aquel matrimonio, su única oportunidad -así lo pensó - para retenerla a su lado.

Nunca antes había superado en sus fugaces relaciones los límites al divertimiento impuestos por la afición al sexo lúdico, habitual remate de una noche de fiesta regada con licores. A ello contribuyó el que Ana Gloria manejara ideas y conceptos superiores a los habitualmente empleados por las mujeres que había frecuentado. Simpatizaron y estuvieron de acuerdo en múltiples apreciaciones y el controvertido naufragio de un remolcador interceptado en alta mar por la guardia costera -un acto criminal en el que perdieron la vida mujeres y niños-, reivindicado y justificado impúdicamente por el régimen, los identificó en el rechazo a semejante barbarie.

Después de tantas persecuciones, actos de repudio y campos de trabajo, este crimen se constituía el colmo de los colmos y, a partir de entonces, todo lo que en un principio aceptaron tácitamente los prosélitos, comenzó a ser cuestionado por los más honrados entre ellos. Se sabía que los balseros sorprendidos en alta mar eran frecuentemente ametrallados por las lanchas patrulleras. A los familiares de las víctimas se les conminaba al silencio y los que perdían la vida se quedaban en el mar.

Las vivencias de Ana Gloria -más que las suyas- nutrieron aquel conjunto de testimonios que inclinaban hacia el lado obscuro la balanza cuando se consideraba lo bueno y lo malo en la obra del régimen. Una colección de realidades que, al asumirlas, lo situaron detrás del espejo, en el bando de los perdedores. Con Esteban consiguió el acceso a la información que por norma se negaba a los ciudadanos y el resultado no podía llegar a ser otro sino un deseo irreversible de escapar de aquel infierno.

La ciudad acababa de cumplir cuatrocientos cincuenta años y la Ceiba del Templete comenzó a ser visitada por decenas de miles de personas que, organizadas en largas filas, esperaban pacientemente su turno para girar tres veces alrededor del árbol, único testigo viviente en la misa que bendijo su fundación. El peso de la tradición a veces conseguía imponerse a las imposiciones oficiales, aunque algo o mucho, de superchería entrañaba todo aquello. La Ceiba estaba allí plantada cuando los conquistadores se organizaron en Cabildo. Era testigo viviente de cuanto sucedió y depositaria de la magia que el lugar desprendía. Para los esclavos africanos que llegaron a continuación, la Ceiba era una vieja conocida, el santo baobad que salva la vida al caminante en la ardiente sabana obsequiando agua y sombra, y la llamaron Iyá, que en lengua yoruba significa: Madre.

Para los servicios secretos del régimen "el caso" de la Ceiba del Templete y de lo que supuestamente podía haber detrás justificó la aplicación de ciertas medidas de control sobre
las multitudes que acudían a cumplimentar el ritual. Se acordonó la zona y se prohibió la circulación de automotores. El camino que conducía y rodeaba la Ceiba quedó trazado, cercado y sujeto a la vigilancia permanente de un destacamento de policía. Atrapada en el atractivo del mito, la gente arrojaba monedas al pie del árbol y estas quedaban sujetas a la húmeda superficie del terreno. Se había conformado así una especie de alfombra metálica de curioso diseño, no exenta de sospechas, porque estaba penada por las leyes la destrucción intencionada de moneda nacional aunque, de momento, no se aplicaran sanciones.

Made in United States
Orlando, FL
10 August 2024

50212533R00104